Tranquilas

Tranquilas
Historias para ir solas por la noche

María Fernanda Ampuero | Nerea Barjola
Aixa de la Cruz | María Folguera | Carmen G. de la Cueva
Jana Leo | Roberta Marrero | Lucía-Asué Mbomío Rubio
Silvia Nanclares | Edurne Portela | Carme Riera
Marta Sanz | Sabina Urraca | Gabriela Wiener

Prólogo y edición de
María Folguera y
Carmen G. de la Cueva

Ilustraciones de
Sara Herranz

Lumen

narrativa

Primera edición: octubre de 2019

© 2019, Maria Folguera y Carmen G. de la Cueva, por el prólogo
© 2019, Marta Sanz, por «Perfumado marsupio»; Edurne Portela, por «Primero fueron los mocos, después el ninjutsu»; María Folguera, por «Teatro de objetos»; Lucía-Asué Mbomío Rubio, por «Follación»; Sabina Urraca, por «El culo»; Carmen G. de la Cueva, por «El extraño detrás de un arbusto»; Silvia Nanclares, por «Colores verdaderos»; Roberta Marrero, por «Sin miedo»; Carme Riera, por «A cenar la pirámide»; Jana Leo, por «Tierra hostil. Una mujer viajando sola»; Nerea Barjola, por «Genova per noi»; María Fernanda Ampuero, por «Grita»; Gabriela Wiener, por «Nunca tranquilas», y Aixa de la Cruz, por «Bautismo»
© 2019, Penguin Random House Grupo Editorial, S. A. U.
Travessera de Gràcia, 47-49. 08021 Barcelona
© 2019, Sara Herranz, por las ilustraciones

Printed in Spain — Impreso en España

ISBN: 978-84-264-0703-0
Depósito legal: B-15327-2019

Compuesto en M. I. Maquetación, S. L.
Impreso en Limpergraf (Barberà del Vallès, Barcelona)

H407030

Penguin
Random House
Grupo Editorial

Tranquilas

Historias para ir solas por la noche

Prólogo

Aventura, castigo, placer, peligro

Todas esas muchachas encantadoras y muertas.
Sigo pensando en ellas muy a menudo.

JOANNA CONNORS

Este libro empezó a escribirse hace tiempo. Una de nosotras estaba en Montreal, en una habitación de hotel. Navegaba en su ordenador y leyó: «Hoy se cumplen diez años del asesinato de Nagore Laffage. La directora Helena Taberna libera el documental *Nagore* para promover el debate sobre la violencia de género». Una de nosotras, sentada en la moqueta, vio *Nagore*.

Una de nosotras pensó que merecía la pena contestar la pregunta que hizo el jurado en 2008: «¿Era Nagore ligona?». Recordaba cientos de historias parecidas que siempre había escuchado, desde los cuentos infantiles hasta el telediario. Imaginó un libro de aventuras: la princesa que se pinchó el dedo solo por curiosidad, la viajera que hizo autostop, la chica que salió de fiesta y se fue con un desconocido. ¿Qué sentimos cuando nos aventuramos? ¿Qué dolorosa memoria nos acompaña? Si algo sale mal, ¿cuáles son las herramientas que nos ayudan a dar nombre a lo sucedido? Necesitábamos un libro así.

Una de nosotras, sentada en la moqueta de la habitación de hotel, apagó el ordenador y salió a tomar un café. «Tengo que hablar con María Fernanda Ampuero y contarle la idea». María Fernanda, a quien una de nosotras apenas conocía, había publicado un artículo en 2016, «La escritora que murió por puta», en protesta por el asesinato de dos viajeras argentinas en Ecuador, María José Coni y Marina Menegazzo, definidas en los medios como «víctimas propiciatorias». Una de nosotras había chateado con María Fernanda y le había dicho: «Tengo algunas historias clavadas en mi memoria». Y ella contestó: «Podría ser un libro que escribamos muchas». En la cafetería frente al hotel recordaba aquel chat con María Fernanda y esperaba su turno para ser atendida cuando un hombre irrumpió en el local. La miraba fijamente. Quería que ella lo mirase. Le hablaba, más bien murmuraba. Ella permaneció con la cabeza gacha, estúpida Caperucita perpleja. Los empleados de la cafetería: «Bonjour, monsieur?». Fueron al rescate, como los hermanos de la heroína de Barbazul. ¿Heroína? ¿Víctima? El caso es que los mitos no se desprenden a la hora de cruzar la calle aquí o en Montreal, al abrir el ordenador o al imaginar un libro. Teníamos que abordar esta piel que nos recubre, esta caperuza social que nos echamos por encima cuando salimos. Convocar el proyecto. Invitar a catorce autoras a compartir sus andanzas por un mundo que, a menudo, considera que ser mujer es el mayor de los peligros.

Un avión y un tren más tarde, nos encontramos las dos en un bar de Sevilla. Sobre una servilleta de papel escribimos los nombres de algunas posibles invitadas. María Fernanda Ampuero. Silvia Nanclares, que nos recomendó el libro *Microfísica sexista del poder. El caso Alcàsser y la construcción del terror sexual*, imprescindible tratado sobre la narrativa colectiva del castigo a la transgresión del territorio social, y a su autora: Nerea Barjola. Jana Leo, porque habíamos leído *Violación Nueva York* y no lo olvidábamos. Marta Sanz, Aixa de la Cruz, Lucía Mbomío… ¿querrían participar?, ¿aceptarían la invitación? Así fue, afortunadas nosotras, y también Sabina Urraca, Carme Riera, Roberta Marrero, Edurne Portela, Gabriela Wiener, Sara Herranz. Admiradas mujeres, valientes caminadoras que son palabra y latido, por las carreteras y los campos, cuando se bañan desnudas en un río, cuando se quedan en casa y cuando se van de fiesta.

Para llegar aquí hemos andado en la noche, tras un sendero de migas de pan. En el bolsillo llevamos el capítulo «Imposible violar a una mujer tan viciosa» de *Teoría King Kong*, de Virginie Despentes. Llevamos también hechos aparentemente ajenos a nuestra vida cotidiana, que han trascendido hasta adquirir una categoría de imaginario popular, de memoria colectiva. Historias de mujeres reales que, por desgracia, de manera involuntaria, se convirtieron en letra impresa. Los relatos que nos las narran suelen tener muy en cuenta la trayectoria que pretendían seguir «aquel infausto día», y culminar con una moraleja acerca

11

del «error» que supuestamente cometieron. Nosotras éramos apenas unas niñas cuando Miriam García, Toñi Gómez y Desirée Hernández fueron secuestradas y asesinadas en Alcàsser en 1992, pero, colectivamente, se había tomado la decisión de que todo el mundo, sin excepción, niñas de siete años incluidas, conociera hasta el último detalle del hallazgo de sus cadáveres. Y por supuesto, el autostop como equivocación irreversible. Por eso, en otro bolsillo, llevamos también *Chicas muertas*, de Selva Almada, donde la escritora lleva a cabo un proyecto de indagación y diálogo a través de una médium para contactar con tres mujeres jóvenes asesinadas en Argentina en los años ochenta. Sentimos una correspondencia con aquel libro: nosotras también necesitamos hablar con, hacia, de Sonia Carabantes, Rocío Wanninkhof, Piedad García…, con todas ellas. Quizá para reescribir lo que nos contaron acerca de cada una, para contestar a tantas imágenes, programas de televisión, tertulias de expertos, abordajes tan morbosos como aleccionadores.

En los últimos años, como parte de la revisión cultural que experimentamos de la mano de la perspectiva de género y el feminismo, ha crecido un murmullo que contempla los hechos desde otro lugar. Hemos mencionado ya *Microfísica sexista del poder*, pero hay más ejemplos: el artículo de Noemí López Trujillo «Una Caperucita en cada generación», publicado en *El País*, o el ensayo *Violación*, de Mithu M. Sanyal, que incluye el caso de La Manada —el juicio por agresión sexual a una joven de diecinueve años por parte de un grupo de amigos así autodenominado, en Pamplona, julio de 2016—. Todas estas voces son, de alguna manera, una respuesta. El narrador de *Caperucita Roja* ya tiene quien le conteste. Queremos saber si es verdad aquello de que Caperucita «nunca volvió a desobedecer a su mamá». Queremos saber por qué su mamá le encomendó aquella tarea. Y qué pasaba por la cabeza de las dos, antes y después.

Las catorce autoras invitadas a escribir este libro se han detenido para recordar e indagar en miedos y referencias impresos en su cuerpo. Pero también vienen a contarnos las pequeñas y grandes victorias en ese mundo, decíamos, que considera un alto riesgo volver a casa de noche solas. Estrategias para cumplir un deseo; complicidades para afrontar una situación crítica. Palabras para poner nombre a lo que nos impide adentrarnos en algunas situaciones. ¿Pertenece este libro a la literatura de aventuras? Esta vez, Julio Verne es una niña de siete años que mira el telediario.

Desde aquellas primeras notas en una servilleta hemos mantenido una intensa correspondencia entre todas nosotras. Hemos sido generosas en la escucha y la reescritura. Algunas nos hemos quedado a gusto. Otras hemos perdido el sueño y apagamos el ordenador con ganas de llorar. Estamos orgullosas de la pluralidad de voces, experiencias y visiones. Pero lo que más nos importa es la reivindicación final de esas ganas de salir, y de volver a casa cuando se desee. Nuestro libro nace con la vocación de acompañar durante el viaje. Porque siempre habrá peligro, pero queremos reescribir la historia del riesgo.

Madrid-Sevilla, 21 de junio de 2019

Perfumado marsupio

Marta Sanz

Marta Sanz (Madrid, 1967) es doctora en Filología. Entre sus novelas se encuentran *El frío*, *Susana y los viejos* (finalista del Nadal en 2006), *Black, black, black*, *Daniela Astor y la caja negra*, *La lección de anatomía*, *Farándula* (Premio Herralde 2015), *Amor Fou* o *Clavícula*. Es autora de cuatro poemarios (*Perra mentirosa*, *Hardcore*, *Vintage* y *Cíngulo y estrella*) y tres ensayos (*No tan incendiario*, *Éramos mujeres jóvenes* y *Monstruas y centauras*). Acaba de publicar la antología de textos feministas *Tsunami* y dos relatos, titulados *Retablo* e ilustrados por Fernando Vicente.

Recaditos

Salir del instituto a mediodía es un alivio, pero también un motivo de enfado. Mientras camino hacia mi casa y subo en el ascensor, preveo los recados que mi madre me va a encomendar. «Marta, baja al ultramarinos y trae doscientos de york.» El york, un cartón de tabaco, algo de la farmacia... Siempre hay algún recado que hacer, siempre hay que comprar una barra de pan no muy cocida y alguna otra vianda. Me siento extremadamente buena y condescendiente cuando asumo sin malas contestaciones mi personalidad de chica de los recados mientras la diabla, que siempre llevo dentro, se reconcome al pensar que mi madre se ha pasado toda la mañana en casa sin más tareas que cumplir que las domésticas. Soy una chica de quince años que se rompe la cabeza intentando resolver derivadas e integrales, logaritmos neperianos y problemas de rozamiento, traducciones de latín... Las labores de la casa no entran dentro de las actividades que considero prestigiosas o difíciles: un mono amaestrado podría cumplirlas con eficiencia y pulcritud. Ahora, ya en el esplendor —es una hipérbole— de mi edad adulta, cuando abro la nevera y me pregunto qué mierda compro para cumplir con las exigencias alimenticias de mis semanas irregulares —mis semanas son un triángulo escaleno, un ángulo obtuso, algo deforme e imprevisible—, echo de menos a una hija servicial o tal vez valoro de otra forma los trabajos de mi madre: la congelación de los filetes dentro de sus papeles de aluminio, la extraordinaria limpieza de las cacerolas, los movimientos papirofléxicos del arte de la plancha. La incertidumbre, el trabajo no pagado y el cuento de nunca acabar. Pero entonces soy una pollita quinceañera, resuelvo integrales, no quiero acordarme de que mi madre también calculó el punto en que dos trenes se encuentran entre Madrid y Barcelona. La miro un poco por encima del hombro, y estoy en un momento de mi vida en que sus virtudes se me desdibujan por debajo de sus defectos.

Cuando mi madre me encomendaba esos mandados de chachita joven —yo ya tenía en la cabeza la imagen de aquellas chicas con cofia blanca, recién llegadas del pueblo, que bajaban a hacer la compra con un cesto de mimbre y eran toqueteadas por el señorito de la familia contratante—, en aquellas angelicales épocas de hija que ayuda a su mamá, yo me sentía buena, sumisa, condescendiente y comprensiva. Mi bienestar moral, basado en la asunción de que solo podía desarrollarme como una o su contraria —santa o puta, madre o mujer fatal, abnegada hembra o tentación viciosa, serpiente—, descansaba en el muro maestro de la contención: aunque me habría gustado en-

18

cerrarme en mi habitación dando un portazo, había logrado reprimirme y, en lugar de morder echándole en cara a mi madre mis horas de clase, mi dolor de cabeza, el miedo o la ansiedad ante las preguntas de los catedráticos del instituto, había acatado la orden: «Hago pis y bajo». Sin duda, yo tenía más paciencia que una «santa varona». Era sin paliativos un arcángel, y al mirarme en el espejo del cuarto de baño me veía como un ser alado y plumífero o como una bellísima monja con elegante toca de blanca cornamenta.

Otra vez

Normalmente cumplía sin rechistar el primer encargo, pero cuando regresaba y mi madre me decía «Tienes que bajar otra vez. Se me ha olvidado el papel higiénico», entonces yo procuraba contenerme, aunque en realidad me sentía como una gata a punto de vomitar una bola de pelo. Mi madre nunca pedía disculpas por su olvido. Mi obligación era bajar y callarme. Ella no se daba cuenta —o no quería darse cuenta— de que su hija estaba cansada. Yo tampoco me daba cuenta de que mi madre también lo estaba, aunque quizá por motivos diferentes a los míos. Yo disponía de muy poco tiempo para comer, repasar las fotocopias de historia de la música que debíamos memorizar para la clase de las cuatro y descansar un poco antes de volver al instituto. Además, el tendero me intimidaba. Era un hombre de mediana edad, con la raya al lado, que se protegía la ropa con un guardapolvo beis oscuro, un color muy sacrificado para camuflar la mugre. Vivía con su madre, y yo sospechaba que en la trastienda guardaba algo más que cajas y albaranes. Pero mi madre siempre me hacía bajar a la tienda dos o tres veces antes de servirme el plato en la mesa. Y lo peor es que no lo hacía a propósito. Eran olvidos verdaderos que revelaban la poca importancia que mi madre le concedía a subir y bajar mientras ella permanecía estática dentro del piso. El instituto era agotador, y supongo que aquella gimnasia —sube, baja, no contestes— podría incluirse en la forja educativa de mi carácter. Los recaditos compensaban la desidia y la despreocupación de las alumnas de la enseñanza pública ante las penas del infierno. Aunque despojarse del miedo o de la idea del infierno nunca resulte fácil. Llevamos escondidos el miedo y el infierno en algún lugar. Son células de nuestro sistema nervioso.

Quizá aquellas subidas y bajadas solo eran fruto de la mala memoria de mi madre para la intendencia —para otros asuntos, la memoria de mi madre era extraordinaria—. El caso es que algunas veces yo no podía contener mis apetitos básicos —a la monja del espejo se le ennegrecía o se le solidificaba, como en el símbolo de Aries, la cornamenta blanca— y me ponía como un carnero embravecido. Como una hidra. Mi madre, más. Llegaba la explosión y, un poco después, el arrepentimiento. La seguridad de que siempre sería mucho más inteligente morderse la lengua. El amor. El hilo invisible que nos ataba la una a la otra y que, para ser sincera, yo nunca querría romper. Me habría muerto.

El bosque

«Marta, hija, por favor. Pásate por el banco y saca esta cantidad. Nos hemos quedado sin dinero en casa.» Mi madre me
entrega un cheque por valor de treinta mil pesetas para que lo
cobre en una sucursal del Banco de Bilbao. El recado entraña
una gran responsabilidad que me llena de orgullo por la confianza depositada en mí. También barrunto los peligros del bosque. «Ten cuidado», me advierte mi madre, reduplicando esa
angustia que ya llevo impresa en el código genético. Le veo al
encargo dos inconvenientes: el banco está mucho más lejos que
el ultramarinos de la vuelta de la esquina y, además, el dinero se
me puede perder. No es que «yo» vaya a perderlo, es que «se me
puede perder». Hay que ser muy bestia para no percibir la carga
de involuntariedad que acumula ese «se». Casi nunca en mi
vida he perdido nada, pero siempre hay una primera vez y, si
sucede, estoy segura de que será a lo grande. La mera fantasía
de perder treinta mil pesetas me coloca en la boca del infierno.

Mi madre quizá ya no me querría nunca más. Por no caer
en dramatismos: sé que mi madre me seguirá queriendo, pero
también sé que si pierdo treinta mil pesetas, me va a caer una
bronca y el episodio será recordado, como reproche, a lo largo
de toda mi vida. Nos imagino a mi madre y a mí a esa edad en
que todas las ancianas se parecen bajo las arrugas y las inflama-
ciones. Soy una anciana canosa y con problemas de espalda.

Empujo la silla de ruedas de mi vieja mamá y ella se vuelve para decirme: «¿Te acuerdas de aquella vez que perdiste treinta mil pesetas?». Temible mamá lenguaraz y memoriosa. Refriego mis pensamientos porque mis pensamientos me están devolviendo al territorio de la infancia y a la necesidad de protección, aunque en mi fantasía gerontológica sea yo, la anciana jorobadita, quien cuida de la madre que la parió. Mis pensamientos oscilan entre el regreso al útero y un futuro poco halagüeño.

En aquellos años, yo era una adolescente que luchaba por mantener —incluso por imponer— sus opiniones y no podía permitirme el miedo de que me retirasen el cariño. Lo dijo Blas punto redondo. Yo me llamaba Blas, me reía mal, hacía una mueca, los desodorantes no camuflaban el mal olor de mis axilas. Acaso es que necesitaba demasiado —mamá, seguridad, inteligencia, afeites, atenciones...— y estaba enferma de una enfermedad que solo me afectaba a mí y que no encontraba una explicación ni en la herencia genética, ni en la especie, ni en el género, ni en la clase social ni en la excelente educación que no había recibido en ningún colegio de monjas francesas. Mi enfermedad me inducía a creer que a mi madre le iba a costar mucho trabajo volver a levantar su amor por mí de entre las ruinas de mi incompetencia, mi desidia y mi maldad. Porque yo carecía de la opción de equivocarme; cuando me confundía, desde el punto de vista de mi madre, era porque había querido hacerlo. Ella nunca desconfiaba de mi inteligencia, pero sí lo hacía de mi bondad. Esa actitud representaba una ominosa carga para mí. Yo quería romper un plato por accidente, no por desidia o por ganas de joder; yo quería sacar una mala nota porque el profesor me tuviese manía, no por no haber estudiado lo suficiente; yo quería llegar tarde a casa por despiste o porque el reloj se me hubiera parado, no porque quisiera hacer sufrir intencionadamente a mi familia.

Así que el asunto del dinero representaba simultáneamente un honor y un problema, y me llevó a reflexionar por primera vez sobre las discutibles buenas intenciones de esas madres que en los cuentos de hadas envían a sus hijas a la boca del lobo. ¿Es una prueba de fuego?, ¿un rito iniciático?, ¿un «te vas a enterar»?, ¿un castigo?, ¿algo inevitable a causa de la clase social y la precariedad? «Hija, no nos queda más remedio. Tienes que ir a recoger champiñones dentro de la cueva y la cueva es oscura, húmeda, insondable... Pero es necesario hacer la tortilla.» Las manos pequeñas de las niñas seleccionan las flores del más delicado jardín y cuidan de los hermanos, en la casa, mientras la mamá debe ir a trabajar. «Duerme, duerme, negrito, que tu mama está en el campo, negrito. Trabajaaaaando.» Me ponía histérica si a alguien se le ocurría pinchar en el tocadiscos esa nana. Sobre todo si la pinchaban en la versión de Víctor Jara, cuyo trágico final me habían contado tantas veces desde que tuve uso de razón. El abandono del negrito resultaba incompatible con mis convicciones respecto a las obligaciones eternas de las madres. Hija de puta la madre del negrito. Hija de puta la madre de Caperucita. Hijas de puta las madres ausentes y demasiado presentes. Era preferible morir, hambrienta y momificada, al lado del negrito para que no llorase que irse a ganar unas monedas para amasar algo con maíz o yuca. Así fui yo durante muchísimos años. Mi madre, por supuesto, había dejado su trabajo para dedicarse a mi crianza. Diez puntos para mi mamá, pese a que ahora me mandase a hacer un recadito algo difícil. «Ten cuidado», me repite entregándome el talón con la firma puntiaguda de mi padre.

Un beso antes de dormir

De camino al templo bancario —siempre que entro en una entidad financiera experimento una sensación religiosa de temor a Dios— voy planificando que cuando me entreguen los billetes, los voy a doblar bien dobladitos de espaldas a las miradas de clientes maliciosos y después me los voy a guardar en el bolsillo del pantalón vaquero, donde también meteré la mano para proteger la talegada durante el trayecto de regreso a casa. Hasta hace poco yo jugaba a correr, haciendo chuladas y fintas, delante de los chicos que cuando estaban a punto de cogerme, se quedaban frustrados porque yo gritaba: «¡Casa!», y ellos ya no podían estirar el brazo para meterme en el hatillo de las secuestradas. Eran las reglas del juego. «¡Casa!» Ahora sé que esa relajación al llegar al claustro del hogar y echar la llave era ingenua. Los monstruos descansan bajo los colchones. Se quitan el antifaz de hombre atildado en el cuarto de baño y, de pronto, ya no reconocemos a nuestro amor. De camino al Banco de Bilbao, estoy segura de que a la vuelta el corazón me palpitará dentro de la boca, pero caminaré muy deprisa, en línea recta, sin distraerme, por todos los atajos que separan el portal de mi casa de la sucursal. Sin detenerme en el bosque ni en las ramas. Ni en el cuento de la lechera ni en coge el dinero y corre. Tampoco en la recurrente fantasía de desaparecer, con aquellas treinta mil pesetas, y que nadie me encuentre nunca más. Un alarde de valor imaginario que no casa bien con la vergüenza que me produce ir sola al ultramarinos, caminar por una calle oscura, plantearme como solución quimérica la posibilidad de hacer autostop, pasar por delante de una obra sacando pecho y metiendo tripa...

La fantasía de desaparecer tampoco es compatible con la necesidad de que, aún a los quince años, aún hoy, mi madre me dé todas las noches un beso antes de ir a dormir.

Heroína

No me distraigo. No hablo con extraños. No piso las líneas de separación de las baldosas de la calle. No me entretengo en los escaparates de las zapaterías ni acaricio a los perros con correa. Todo va bien hasta que meto la llave en la cerradura del portal y detrás de la puerta me sorprende un chico un poco mayor que yo. O quizá mucho mayor que yo pero de baja estatura. No logro verlo bien en la penumbra del portal. Me parece un enanito. Imberbe y fibroso. En un instante podré decir con absoluta propiedad que es imberbe y fibroso: cuando me restriegue la mandíbula con su careta de animal que tiembla, cuando me inmovilice con sus brazos.

El aliento le huele a un vacío dulce. Lo sé porque me acerca la boca a la cara. Me empino para que no me roce su respiración, pero dentro de ella me huele a vena o a páncreas o a estómago. Carne que debe ser inmediatamente alimentada por una sustancia a la que pongo nombre sin hablar: «Droga». Heroína y heroína, una dilogía pertinente en esta peripecia. La que él se pincha y la que yo soy. Me gusta hacer comentarios de texto, pero no sé si está bien tropezarme con figuras retóricas en el espacio real de la escalera de casa. Dentro de algo tan concreto y compacto como lo que hoy me está sucediendo. Hoy soy la cajera que en el atraco da el aviso a la policía, la intrépida rehén que le muerde los tobillos al ladrón, la guardiana de la caja registradora que neutraliza al chorizo arrojándole un bote de refresco a la jeta. Estoy dentro de la caja de metacrilato transparente de las ficciones. De los delitos que se graban en las cámaras de seguridad. Soy santa María Goretti y santa Catalina de Siena y santa Avutarda del Portal. Soy una metáfora y quiero salir de ella, pero la imagen segrega un líquido pegajoso que me mantiene pegada a la hache de «heroína». Una niña irritante, desde mi mirada actual de mujer adulta. Más quebradiza que la niña que fui.

El tipo, no mucho más alto que yo, se pega a mi espalda, me pasa el antebrazo por el cuello y me arrastra con facilidad hacia la parte oscura del portal. Detrás del hueco del ascensor, en las escalerillas que acceden a la vivienda sombría del portero.

Casi en el semisótano. Huele a la grasa para lubricar la maquinaria del ascensor y al paso de los cubos de basura. Huele a una versión apestosa del sexo. «Dame todo lo que lleves.» Me arrincona contra la pared. Yo aún no he sacado la mano del bolsillo. No lo hago porque comienzo a sentir que aquel hombre tembloroso me palpa. Busca mis tetas y mi ombligo. Me mete el dedo en la boca y toma la temperatura de mi saliva. Me saca la navajilla de un cortaúñas un poco más grande de lo normal y coloca la punta sobre la piel de mi cuello. El tipo, mientras se frota contra mí, susurra sin convicción: «Dámelo todo». Entorna los párpados como si estuviera a punto de dormirse, de desmadejarse. Yo protejo maquinalmente mis treinta mil pesetas. Las treinta mil pesetas de mi madre. De mi familia. Nuestras treinta mil pesetas. Me dejo chupar las orejas. Aquel hombre me coge por la nuca como si me fuese a besar. Yo se lo habría permitido. Pero su boca está demasiado cansada, es corcho, y se detiene al abrigo de mi cuello. Lo babea, no lo lame.

«Ten cuidado»; oigo una advertencia que ahora adquiere otros sentidos.

No sé en qué partícula exacta de aquel tiempo chicle empiezo a sentir compasión. No me doy lástima. Quizá trago un amasijo de culpa y orgullo. Cumplo una misión que me fortalece. Defiendo. Me olvido de mi cuerpo mientras aquel ladrón lo aprieta y lo subraya. No me importa. El cuerpo de aquel muchacho —puede que de aquel hombre— cobra forma y relieve contra mi propio cuerpo. Noto cómo se endurece y petrifica contra mis pechos como puños dolorosos, los muslos apretados por el nerviosismo, las bragas secas mientras la boca de mi asaltante se ablanda un poco más y se desliza bajo mi cuello y mi mandíbula. La boca del hombre es un ratón que busca refugio en la tabla de mi pecho y en mis espacios intercostales. En mis rojizos granitos de adolescente. Cierro los ojos y veo un descampado, una jeringuilla de cristal, la papelina, el limón, la cucharilla, el mechero. Asocio, ya para siempre, el olor del aliento de aquel niño viejo con un tipo de dulzor malsano. Me da mucha pena aquella criatura que de pronto empieza a parecerme más pequeña que yo. Porque se me está desarmando encima. Me mete las manos por debajo de la ropa. Me chupa blandamente las orejas. Me busca la boca sin atreverse y sin percatarse de que yo tengo una mano dentro del bolsillo. Protejo mi dinero. Tengo cuidado.

El chico, excitadísimo: «Dame todo lo que tengas, dámelo». El chico excitadísimo no tiene fe en el éxito de su empresa. Olvida en qué consiste el éxito de su empresa. «Dámelo.» Yo le doy algo distinto de lo que busca. O quizá prefiere lo que le estoy dando, aunque no estoy muy segura de que un pecho, un vientre, una clavícula sean cosas. Cosas que se puedan dar. Me quedo quieta. Me dejo, y el verbo «dejarme» me perturba, pero me estoy dejando con un buen fin. Yo sí tengo un objetivo. No me confundo ni desvío mi atención. Mi mano derecha permanece dentro del bolsillo y aprieta el fajo. Cierro los ojos y pienso en algo no tan pedestre: nadie entra ni sale del portal. Ahora escatimo un beso y soy como esas mujeres antiguas que se suben el camisón a la altura del ombligo y se disponen a ser inmoladas sin gozo. Sudor. Jadeos. La sensación de poder que produce comprobar cómo un hombre se desmorona sobre ti mientras te viola. «Dame lo que tengas.» Yo, primero, muda y después: «¿Qué quieres que tenga yo? No tengo nada, nada». El chico me pellizca los pezones. Me raspa con las resecas palmas de las manos. «Seguro que tienes algo.» El chico desencajado maniobra con la cremallera de la bragueta. Intuyo sus pinchos y sus protuberancias. Vuelvo a quejarme: «¿Qué dinero puedo tener yo? No tengo más que esto...». Del otro bolsillo de mi pantalón vaquero saco una moneda, grande y redonda, de cincuenta, dos de cinco duros, algunas pesetas cobrizas. El chico se restriega contra mí, pero cuando le doy aquellas monedas sueltas —las monedas que una adolescente lleva en el bolsillo para comprar un cuerno de chocolate, unos cuadernos—, al chico el esqueleto se le disuelve dentro de los músculos y se vuelve blando. Toda la fuerza con que me ha conducido hasta el lado oscuro del portal se le transforma en una debilidad que intuyo desde el primer momento. El cuerpo se le convierte en arena o en crema de leche. Se deshace como un terrón de azúcar.

Coge las monedas que le ofrezco. Las observa enfocando sobre ellas el alfiler de sus pupilas. Después me mira a la cara. No sé si transmito miedo, asco, seguridad, nada, vacío. Pero él me pasa las manos, muy fuerte, por las facciones como si me las quisiera borrar. Por la boca. Me siento instantáneamente fea y me avergüenzo. Eso me lastima mucho. Después el chico sale corriendo del portal. Yo me quedo pegada a la pared. Huelo la saliva del chico sobre mi mano izquierda. Huele a gato, a pobre que no tiene agua corriente para lavarse. A miseria. «Ten cuidado.» ¿Cuántos peligros anuncia esta advertencia? Mi mano derecha sigue dentro del bolsillo. Es una mano protectora y obcecada. Doy la luz. Llamo al ascensor. Subo a mi casa.

Palabras gusano

Aún no he logrado decidir si me dejé hacer todo aquello porque pensaba que mi cuerpo valía demasiado o porque pensaba que no valía nada. Qué valía más: mis pezones a medio cocer o las treinta mil pesetas. Quizá no valoraba en absoluto mis pezones por estar medio cocidos. Por no ser unos verdaderos pezones. Por una idea de absoluto, del absoluto virtuoso y maduro de una mujer formada que yo no había alcanzado ni alcanzaría nunca. El ideal. El hecho de que aquel hombre babease sobre la pechera de mi camisa me hablaba del valor de mi cuerpo. Casi me sentí orgullosa de mi asco. De la posibilidad de experimentar el asco porque alguien al desear mi cuerpo lo había convertido en deseable. Yo aún tenía ciertas dudas respecto al carácter seductor de los fragmentos de mi anatomía. De esta en su conjunto. Lo que no despertaba tantas dudas en mí era mi obligación de ser una mujer deseable. «Dame todo lo que lleves.» Mi mano dentro del bolsillo. Estuve a punto de agradecerle a aquel ladrón sus atenciones. El rastro de baba que iba dejando sobre mí. Mi cuerpo valía para proteger mi patrimonio, o tal vez el hecho de que yo protegiese mis treinta mil pesetas expresaba la falta de importancia de mi cuerpo. El hecho de que aquel hombre quisiera mi cuerpo y mi dinero hablaba de que ninguna de las dos cosas valía, de que no había que darles importancia o de que lo valían todo. A mí mi cuerpo dejó de importarme porque, en realidad, me importaba muchísimo. Aquel hombre seguía restregándose contra mí y, de un modo perverso, yo era poderosa. Y no tenía miedo. Con el paso del tiempo he empezado a darme mucha pena porque, conteste como conteste a cualquiera de las preguntas que aún me bullen en la cabeza, varias palabras-gusano me recorren la piel: «sacrificio», «suciedad», «angustia», un montón de mentiras respecto al deber ser de una mujer.

Perfumado marsupio

«¿Cómo has tardado tanto?» Mi madre primero se muestra enfadada, pero cuando me mira dos veces, afloja: «Empezaba a estar preocupada». Luego afloja un poco más: «¿Qué te ha pasado?». Yo saco de mi bolsillo el fajo con las treinta mil pesetas y lo tiro encima de la mesa del comedor. «¡Toma!» Me siento orgullosa de mi hazaña. De mi frialdad para controlar la situación. Del poder que me ha concedido mi cuerpo joven. Por rabia —por sentido de la responsabilidad—, protejo el bienestar de mi cueva. La chachita joven se transforma en virgen inmolada. Ahora debería estar ascendiendo a los cielos. El abuso no importa. El abuso ratifica mi condición de hembra deseable. Mi inteligencia para conservar lo mío. Salirme con la mía. Soy una *femme fatale*. Soy una gilipollas. Pienso también, mezquinamente, que mi madre debería haberse preocupado más por mi tardanza. Le hago reproches: «¿En qué estabas pensando?, ¿no te dabas cuenta de que era muy tarde?». Mi madre se queda mirando fijamente el dinero esparcido por encima de la mesa. «¿Ves?, no me lo ha podido quitar», me carcajeo. Estoy acelerada. Quiero que mi madre ahora mismo se sienta culpable de lo que ha pasado. Porque debería haberme protegido más. Guardarme dentro, dentro, dentro de su perfumado marsupio. Mi madre, pálida, no despega los labios. Hoy recuerdo que ella nunca entraba sola en los bares. Ni se atrevía a ir al cine. Casi ni salía de paseo si no era del brazo de mi padre. Pero entonces yo no veía todas aquellas cosas. La culpaba a ella. La retaba. Depositaba en ella los monstruos y las ligaduras. Estoy muy nerviosa. Tengo la boca completamente seca. Me pica la piel. Siento necesidad de lavarme. Las manos, el cuello, las clavículas, la mandíbula, el pabellón de las orejas. Corro hacia el cuarto de baño. Desde allí oigo a mi madre echarse a llorar.

Primero fueron los mocos, después el ninjutsu

Edurne Portela

EDURNE PORTELA (Santurtzi, 1974) es licenciada en Historia (Universidad de Navarra) y doctora en Literaturas Hispánicas (Universidad de Carolina del Norte, Chapel Hill, Estados Unidos). Ha sido profesora titular de literatura en la Universidad de Lehigh (Pennsylvania) hasta 2015. Como parte de su investigación académica publicó numerosos artículos y el ensayo *Displaced Memories: The Poetics of Trauma in Argentine Women Writers*. En 2016 publicó *El eco de los disparos: cultura y memoria de la violencia*. En septiembre de 2017 salió a la luz su primera novela, *Mejor la ausencia*, galardonada con el premio 2018 al mejor libro de ficción del año del Gremio de Librerías de Madrid. En marzo de 2019 publicó su segunda novela, *Formas de estar lejos*. Ha realizado, junto con José Ovejero, el documental *Vida y ficción*. Escribe una columna dominical en *El País*, participa regularmente en Radio Nacional de España y colabora con la revista *La Marea*, entre otros medios.

Cuando tenía quince años tocaba el piano y practicaba ninjut-su, el arte marcial de los ninjas. Sí, como los ninjas de las películas: rápidos, ágiles, que manejan extrañas armas letales y se camuflan en las sombras. Es cierto que nunca llegué al extremo de usar un *shinobi shozoku*, el traje completo ninja, pero sí un quimono negro. También tenía mi propio *ninjato*, que encargué expresamente en una tienda de cuchillos y navajas de Bilbao; aprendí a utilizar el *nunchaku* y el *bō*; me batía en combate de pie, sin armas y con ellas, y de suelo, para lo que aprendí complicadas luxaciones; entrenaba cuatro días a la semana con tanta disciplina que a los dieciséis ya era cinturón rojo. Por aquellos años cumplía la mayoría de los requisitos de la adolescente retorcida y oscura que no encuentra su lugar en el mundo. Mi familia era normal, mis padres me daban lo que necesitaba, no había dramas en casa. No tuve grandes traumas, solo los propios de la edad, pero aun así fui una adolescente difícil. Iba fatal en los estudios, salvo en literatura, historia y filosofía. En casa no quitaba el gesto hosco, siempre a la ofensiva. Tenía una incapacidad comunicativa que rayaba en lo patológico. Mis amigas de la niñez seguían siendo mis amigas, pero había temporadas en las que buscaba otras compañías, sobre todo la de un chico tres o cuatro años mayor que yo con el que compartía la afición por el hachís, el speed y los tripis. Creo que estuve algo enamorada de él, pero nuestra relación no llegó siquiera a la amistad, o tal vez sí: a la amistad que puede surgir entre dos moluscos. Para mí, practicar ninjutsu era una forma de reafirmar esa personalidad oscura en la que me protegía, y también de procesar la rabia que sentía constantemente. En el gimnasio, escondido mi cuerpo debajo del quimono negro y ganando a mis compañeros en los combates, me sentía invencible, tanto que a menudo no era capaz de controlar mi propia fuerza y me pasaba de rosca dando patadas y puñetazos al saco con el que entrenaba. Las espinillas las tenía siempre hinchadas y llenas de heridas, y a veces llegaba a clase de piano con los nudillos ensangrentados. La profesora, que jamás me preguntaba nada sobre mi vida privada y se limitaba a amonestarme por mi mala postura y mi falta de disciplina, solo apuntaba que el día que me rompiera un dedo o una muñeca mi carrera de pianista habría acabado. Yo, por supuesto, no tenía ninguna intención de ser pianista —de hecho, no pasé de sexto—, pero sí creía que el ninjutsu me salvaría la vida.

Repaso este primer párrafo y me doy cuenta de que digo que «no tuve grandes traumas» en la adolescencia, solo «los propios de la edad». Me detengo en esa frase, la releo y pienso si no estoy cayendo en esa mala costumbre de las mujeres de pasar por alto acontecimientos que nos marcan y que no queremos reconocer como traumáticos. Hasta ahora no me había parado a pensar en el placer que encontraba en la violencia contra mi propio cuerpo: no solo los nudillos ensangrentados, las espinillas hinchadas, también los moratones después de los combates, los miembros doloridos por las luxaciones, el estoicismo brutal con el que recibía los golpes que nos daba el entrenador con un palo de madera en los abdominales para fortalecerlos, el orgullo con el que soportaba la quemazón de los músculos mientras aguantaba la postura en *katas* interminables. No soy una mujer, ahora, en el presente desde el que escribo, que soporte necesariamente bien el dolor. Me gusta poner el cuerpo al máximo cuando lo ejercito, pero después de la adolescencia nunca he sentido el impulso de castigarlo ni me he regodeado en el sufrimiento físico. ¿Por qué durante esos años, sin embargo, lo cultivé? Ahora pienso que ese sufrimiento era en realidad el castigo contra un cuerpo que yo rechazaba y que sentía en constante exposición. Castigar y cultivar mi cuerpo al mismo tiempo era, a mi manera, una forma de rebeldía y de garantizar mi propia seguridad, de luchar contra el miedo. ¿Rebeldía contra qué? ¿Seguridad frente a qué miedos?

Repaso algunos episodios de mi preadolescencia y de mi adolescencia temprana e intento encontrar en ellos una explicación.

Sonrío, con cierta tristeza y no menos sonrojo, al recordar uno de los primeros momentos en los que sentí la necesidad de defender mi cuerpo de una ¿agresión?, ¿un abuso?, que entonces no articulé como tal y que, me doy cuenta, todavía no sé muy bien cómo nombrar. Durante unos pocos años pasé los veranos en Benicasim. Mis padres tenían negocio propio y una ética calvinista del trabajo, por lo que casi nunca se permitían vacaciones en verano, si acaso una semana en agosto. Por insistencia de mi abuela materna, que tenía otra hija en Castellón, mis padres compraron un pequeño apartamento en Benicasim, y durante unos años, hasta que mis hermanos llegaron a la adolescencia, nos mandaron a veranear allí con mi abuela. Por las mañanas iba a la playa con ella, mis hermanos, mi tía y algunos de mis primos. Las tardes (ay, esas tardes interminables de los veranos) las pasaba haciendo deberes en los odiosos cuadernos Santillana e implorando a mi abuela que me dejara bajar a la piscina. Muchos días no me dejaba porque me había portado mal o porque simplemente no le daba la gana, y me obligaba, antes de sentarme frente a los cuadernos Santillana, a echar la siesta o, peor todavía, a ver *Verano azul*, serie que yo, perdonadme, odiaba con saña. Cuando me dejaba bajar a la piscina, me reunía con un grupo de niños y niñas de más o menos mi edad. No sé si puedo decir que tuviera amigos (nunca me sentí integrada en aquel grupo de niños y niñas, en su mayoría madrileños, que, al saber que me llamaba Edurne, me apodaron inmediatamente

38

la Etarra), pero sí pasaba tiempo con ellos en la urbanización. No recuerdo ninguno de sus nombres, solo algunas caras, sobre todo la de dos gemelos que tenían por lo menos un par de años más que yo. El último verano que pasamos allí yo tenía doce años. Mi cuerpo había empezado a desarrollarse, y me avergonzaba de esos pequeños bultos que se transformaban en mi pecho. Hasta entonces había sido una niña muy delgada pero de culo respingón, de lo cual era muy consciente por culpa de mi profesora de ballet, que siempre me lo pellizcaba y predecía que en la adolescencia iba a echarme a perder (y no se equivocó, todo hay que decirlo). Hasta muy entrada la adolescencia, cuando ya no hacía ballet, no quise ponerme biquini. Solo usaba bañadores bastante cerrados. Recuerdo que ese verano tenía un bañador azul que imitaba la tela vaquera y me cubría el torso hasta la altura de las clavículas. Es el único del que me acuerdo, tal vez porque era con el que bajaba a la piscina por la tarde.

La primera vez que me pasó me sorprendí tanto que tragué muchísima agua. Estaba a punto de alcanzar la pared de la parte más honda de la piscina cuando de repente noté un enjambre de pellizcos en mis pechos, mi coño, mi culo. Para entonces yo ya nadaba muy bien estilo crol y mantenía los ojos abiertos debajo del agua la mayoría del tiempo, pero no vi llegar el ataque, no sabía lo que me estaba pasando. Me asusté, tragué agua, me costó llegar hasta la pared, apoyarme en ella para poder toser sin ahogarme. Oí risas, miré hacia atrás y vi la cara sonriente de los dos gemelos. No fue la única vez que me pasó. He olvidado en cuántas ocasiones me lo hicieron, a pesar de que estaba alerta e intentaba evitarlos en la piscina. No sé si se lo hacían a otras chicas o solo a mí. Nunca se lo comenté a nadie. Hasta que un día me metí en el agua y vi que ellos también se metían. Los esperé en la parte honda haciendo volteretas, buceando sin soltar aire debajo del agua. Tenía un plan. Cuando llegaron a mi altura, comencé a sonarme los mocos con fuerza y les lancé a la cara el abundante material que saqué. Volví a sonarme, a lanzarles mis mocos, a escupir, hasta que superaron la sorpresa inicial y se alejaron insultándome. Nunca más volvieron a meterme mano en la piscina. Con doce años, mi arma de defensa frente a esos dos gemelos abusadores de catorce o quince fueron mis mocos. Era una niña, al fin y al cabo, aunque ellos me hicieron sentir que ya no tanto.

Tal vez fue el mismo año, en otoño, o la primavera siguiente. Sé que era una época calurosa porque me recuerdo vestida con ropa ligera y porque me extrañó que el hombre llevara gabardina y sombrero. Cerca de mi pueblo había una mansión ruinosa, medio derrumbada. Estaba en un alto al lado de las vías del tren y solo se podía acceder a ella saltando las vías y trepando por un terraplén bastante inclinado y lleno de ortigas. Yo fantaseaba con los misterios que escondería la mansión. Se rumoreaba que allí sucedían cosas extrañas, que había fantasmas, que a veces desde las vías se veían sombras detrás de sus ventanas hechas pedazos. Siempre he sido miedosa, de esas personas que creen notar presencias extrañas y que perciben formas en la oscuridad. A mis cuarenta y cinco años sigo teniendo terrores nocturnos. De niña, sin embargo, a pesar de que por las noches pasaba miedo y tenía pesadillas, me atraía el mundo de los espíritus, jugaba a la ouija con mis amigas, me empeñaba en imaginar historias de terror. Algunas de mis amigas compartían mi afición, sobre todo Ester, que, como yo, estaba loca por desentrañar los misterios de la mansión abandonada. Ester no solía venir mucho con nosotras —pertenecía a otra cuadrilla de niñas del pueblo—, pero hubo una temporada en la que quedábamos a solas, no recuerdo bien por qué. Con Ester hablaba de la casa abandonada, de planear una incursión, de explorar el camino que se veía subir desde las vías. La primera vez que lo intentamos tuvimos que desistir ante la cantidad de ortigas con las que nos rozamos. Nos fuimos cada una a nuestra casa llorando de dolor, inventando una explicación, una excursión a la salida del pueblo, donde había varias moreras. La segunda vez nos cubrimos bien las piernas, elegimos mejor calzado, llenamos una mochila con todo lo que necesitábamos —linterna, una cuerda de esparto, cantimplora, un bocadillo, guantes para retirar las ortigas sin peligro— y lo volvimos a intentar. Saltamos las vías cuando no había testigos y nos adentramos por el sendero que ascendía hasta la mansión. Atravesamos el primer tramo de ortigas con éxito; conseguimos abrirnos camino por el segundo tramo, cada vez más escarpado, más cerrado de maleza y con más ortigas, hasta que llegamos al muro exterior de la mansión. Desde las vías y debido a la perspectiva y a la maleza, no se veía esa parte del muro y creíamos que estaría derrumbado. Había secciones más bajas que igual podíamos escalar, y estábamos buscando huecos donde apoyar los pies para darnos impulso cuando oímos una voz de hombre a nuestras espaldas preguntándonos qué hacíamos allí. Al principio pensé que era un policía o un guardia civil de paisano. Por aquella época, en Euskadi la imagen que teníamos de la policía secreta era turbia, y yo posiblemente la había mezclado con la de las películas de cine negro que le gustaban a mi abuela. El hombre, a pesar del calor que hacía, iba cubierto con una gabardina y llevaba un sombrero clásico. No recuerdo bien la conversación, pero sí que insistió en que le dijéramos qué intentábamos hacer y que nosotras confesamos que queríamos entrar en la mansión. Y que él se mostró entusiasmado ante la idea y nos dijo que quería ayudarnos. Empezamos a caminar al lado del muro, buscando cómo subirnos a él. Llegamos a una parte más deteriorada y algo más baja. Entonces él se ofreció a darnos impulso para subir. No sé en qué momento empezamos a sentirnos incómodas o expuestas al peligro, no recuerdo qué resorte hizo que nos diéramos cuenta, creo que sin palabras, de que ese hombre quería algo de nosotras. Solo recuerdo a Ester corriendo delante de mí por el terraplén, resbalando y tropezando, y yo siguiéndola de cerca, ya sin control de mi cuerpo debido al pánico de la huida. Tampoco sé qué hizo aquel hombre, si nos siguió durante un rato, si se quedó frustrado a este lado del muro, viéndonos huir, asustadas. No sé quién era ni qué podía habernos pasado si hubiéramos llegado a saltar el muro con él, a qué ruinas nos habría llevado, si hoy yo sería la misma persona, ni siquiera sé si estaría aquí, escribiendo estas palabras. No recuerdo hablar con Ester del tema. ¿Lo borraríamos?, ¿nos avergonzaríamos en el momento? Tampoco volvimos a acercarnos a la mansión ni a las vías, pero cada vez que paso por delante de esa mansión, que ahora es un hotel de cinco estrellas, recuerdo la extraña gabardina y el sombrero de aquel hombre, incluso puedo vislumbrar sus ojos chiquitos y oscuros, y cada vez algo dentro de mí se encoge y se revuelve. ¿Fue entonces cuando me di cuenta de que los fantasmas y los monstruos están a este lado del muro?

Cuando una niña entra en la adolescencia, su cuerpo le genera desconcierto. Imagino que a los niños también les pasará cuando empiezan a ver crecer su vello púbico, su deseo se vuelve insaciable o les comienza a cambiar la voz. Pero en el caso de las niñas el desconcierto en muchas ocasiones llega acompañado de agresión. Habrá muchas historias de mis doce o trece años que no recuerdo, pero sí tengo grabados a los gemelos de la piscina, al hombre amenazante de la gabardina. Y a estas primeras experiencias que ahora entiendo como situaciones de violencia o de amenaza directamente relacionadas con mi condición de mujer se añadieron otras en la adolescencia. Creo que el primer «piropo» sexual lo recibí con trece años en la calle, cuando un hombre me susurró al pasar: «Qué coño más mullidito». Recuerdo mi edad porque acababa de estrenar unos pantalones de pitillo ajustados que estaban muy de moda en aquella época. Eran los primeros pantalones de «chica mayor» que tenía. Después de aquello, solo me los puse con camisetas o jerséis que me cubrieran casi hasta la rodilla. Mi madre pensaba que era para taparme el culo; nunca le conté lo que me había pasado, esas cuatro palabras que me ensuciaron y transformaron la forma en la que me miraba en el espejo. Las experiencias negativas siguieron acumulándose durante la adolescencia, siempre acompañadas de una sensación de vergüenza, siempre digeridas en silencio, un silencio que solo hace poco he empezado a romper. Mi primer beso, con sus magreos torpes, fue a los catorce años, una experiencia desagradable con un chico mayor que yo. Se juntó todo en una tarde: la primera vez que bebía alcohol, la primera vez que fumaba, la primera vez que me besaban... Uso conscientemente la forma pasiva «me besaban» porque yo no fui capaz de corresponder al beso, a esa lengua gorda y babosa que inundaba mi boca; tampoco a las manos que amasaban con torpeza y apretaban con fuerza mis pechos. Después de esa tarde decidí no volver a quedar con él y tardé un tiempo en salir con otro chico.

En aquellos años en los que no había botellón era normal ir a los bares a beber y bailar. También era normal que los chicos nos metieran mano, nos hicieran el paseíllo en los bares y nos sobaran el culo, o que alguna se pasara bebiendo y acabara yéndose con un chico sin que después fuera capaz de recordar lo que había pasado. Era normal ir caminando sola a casa y aceptar, como parte del trayecto, que una cuadrilla de chicos borrachos te intimidara con comentarios soeces. Como también fue normal para mí que la primera vez que un tío entró dentro de mí lo hiciera sin yo consentirlo. ¿Creí entonces que el chico con el que había salido un par de veces me había violado? Por supuesto que no. Entonces ni siquiera pasaba por mi cabeza —y sé que no soy la única— que una relación sexual dentro de la pareja pudiera ser una violación, a pesar de la violencia. Así de simple. Así de brutal. Después de aquello, lo dejé con él sin dar explicaciones. No sé si él fue consciente en algún momento de cómo me había tratado. Posiblemente creyó que estaba en su derecho.

No voy repasar mi vida sexual después de aquello ni a hablaros de las consecuencias de esas experiencias en mi vida íntima. Si recuerdo y pongo por escrito estas anécdotas es porque creo que me ayudan a entender el mecanismo que comentaba al principio de esta reflexión, esa doble manera de tratar mi cuerpo que puede ser sintomática de cómo muchas mujeres reaccionamos ante el miedo y la violencia: con violencia contra nosotras mismas, al tiempo que preparamos nuestro cuerpo para la agresión externa. Esa mezcla de sentimiento de culpa —me castigo por eso de lo que no soy responsable, aunque me inciten a pensar que lo soy— y violencia. Ahora que escribo esta pieza —insisto, antes no lo había pensado—, me doy cuenta de que mi amor por el ninjutsu durante esos años y la crueldad con la que me trataba fueron una forma de vencer el miedo, de convertir en una máquina ese cuerpo que había sido manipulado y agredido. Durante el tiempo que practiqué el arte marcial me sentía segura de mí misma, notaba mi creciente fuerza, admiraba la musculatura de mis brazos y mis piernas, la flexibilidad recuperada de los años en los que había practicado ballet. No era que me sintiera atractiva, sino potente. Y eso se tradujo en una actitud distinta ante esas formas de agresión constante que vivíamos de adolescentes. Cuando volvía a casa por las noches no sentía miedo. Es más, fantaseaba con el momento en el que me saliera algún tipo e imaginaba cómo me defendía. Alguna noche, incluso, salí con una navaja mariposa que también había aprendido a manejar en mis entrenamientos. Menos mal que nunca llegué a usarla. Pero sí llegó el momento en el que puse a prueba mis conocimientos marciales. Una de esas noches de bares con mis amigas, cuando yo ya había pasado por las experiencias que he relatado y había conseguido mi cinturón rojo de ninjutsu, a un tío se le ocurrió sobarme el culo. En cuanto sentí sus dedos pellizcando mi carne me di la vuelta, cogí impulso y le asesté un puñetazo en la cara. El tipo era enorme, un armario. Le di de lleno en un ojo, tomé distancia y me preparé para su reacción que, como esperaba, fue devolverme la hostia. Pero no me amilané, seguí dándole puñetazos y patadas. Una amiga que por aquella época entrenaba conmigo se le subió a la chepa e intentó romperle una botella de cerveza en la cabeza. Así estuvimos un buen rato, él soltando tortas, mi amiga enganchada a su espalda como una pulga y yo dándole por cada hueco que pillaba. El resto del bar, camareros incluidos, contempló la escena sin intervenir. Hasta que sus amigos, me imagino, vieron que la cosa iba a acabar mal y se lo llevaron a rastras. Nadie salió en nuestra defensa, pero a mí no me importó. Llegué a casa dolorida y con moratones, pero no me arrepentí de haberle devuelto al tipo la agresión. La niña que se defendía echando los mocos a los abusadores ahora tenía otras armas. ¿Significa eso que me sintiera más segura? ¿Superé esa contradicción que implicaba defender mi cuerpo castigándolo? ¿Dejé de desconfiar al encontrarme con un grupo de hombres por la noche, de tener miedo?

La verdad es que no lo sé. Cuando me fui de casa de mis padres a estudiar fuera, dejé de practicar artes marciales, también porque me lesioné una rodilla y me costó un par de años recuperarme del todo, pero algunas enseñanzas no se pierden. Tengo un instinto que tiende a la agresión cuando siento una amenaza, y creo que, si se diera el caso, de algo me serviría todo aquello que aprendí. Es decir, volvería a partirle la cara —o a intentarlo— a cualquiera que se atreviera a ponerme la mano encima sin mi consentimiento. Y eso, con mala suerte, podría convertirme en una cifra más del porcentaje de mujeres que no sobreviven a una agresión. Estoy muy lejos de esa adolescente que buscaba de forma inconsciente una forma de vencer el miedo, de hacer de ese cuerpo manipulable y agredido una máquina, de transformar su atractivo en una fuente de fuerza. Mi cuerpo ya no es lo que era, tampoco tengo a mano mi *ninjato* o la navaja mariposa, no confío tanto en mi fuerza ni en mi potencia. Pero, por otro lado, he ganado algo que en aquella época no tenía: la palabra, y con ella, la conciencia feminista. Todo lo que he contado aquí y otras cosas que he dejado en el tintero eran experiencias no articuladas, escondidas en ese lugar donde albergamos las memorias dolorosas, las que nos avergüenzan. Los años de lecturas y de concienciación feminista me han permitido acceder a ellas y darles el espacio y el sentido que merecen. De esa adolescente que fui me queda la misma certeza de que seguiré dependiendo de mi cuerpo para responder a todas esas formas de violencia a las que, por desgracia, seguimos estando expuestas. Pero ahora no solo tengo el cuerpo: mis miedos e inseguridades, los sentimientos de culpa y de vergüenza se han transformado y han encontrado respuesta y explicación gracias al feminismo; he comparado y compartido experiencias con otras mujeres; también he encontrado a hombres aliados que me demuestran que hay otras formas de vivir la masculinidad; sé que no estoy sola peleando por ocupar el espacio que nos corresponde, en lo público y en lo privado. A veces, sí, tengo miedo, pero eso no me impedirá pisar con fuerza, hacer resonar mis pasos, cuando camine de noche por las calles que me pertenecen.

Teatro de objetos

María Folguera

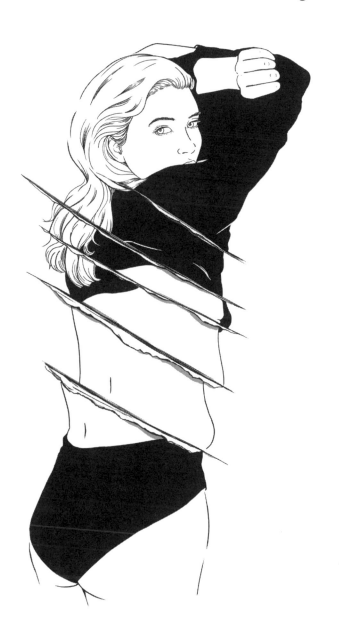

MARÍA FOLGUERA (Madrid,1984) es escritora, dramaturga, directora de escena y gestora cultural. Autora de las novelas *Sin juicio* (Premio Arte Joven 2001) y *Los primeros días de Pompeya*, de obras de teatro como *La hermana y la palabra*, *La blanca*, *La guerra según santa Teresa*, *El amor y el trabajo* o *Hilo debajo del agua*, y de relatos en antologías de autores nacidos en los años ochenta, entre ellos «Bajo treinta» o «Última temporada». Ha recibido premios como Caja Madrid de Relato 2011, Jóvenes Creadores 2004 o RNE de Radioteatro en 2008. Actualmente es directora artística del Teatro Circo Price de Madrid.

1

He visto, como todo el mundo en esta superficie de la Tierra, incontables películas que empiezan con el cadáver de una chica. Ojos abiertos. Ropa interior rasgada. El detective, impasible, mira hacia el horizonte, allí donde vive su alma —porque es un dios apolíneo; se marchará con la puesta de sol y ese será el final de la peli: las criaturas solares cabalgan hacia nuevas aventuras, resuelto el pequeño misterio local que atemorizaba a sus habitantes—, y dice: «Pobre muchacha. Nunca, en mi trayectoria profesional, he visto semejante escabechina». Sucede, por ejemplo, en *Mystic River*, de Clint Eastwood, cuando encuentran el cadáver de Katie Markum en el bosque. A Clint Eastwood le inspira mucho lo de la doncella ultrajada y la consiguiente venganza legítima. Porque cuanto más se ensañe el autor del crimen, mayor justificación podrá alcanzar la ensalada de hostias. He discutido mucho con mi actual pareja sobre Clint Eastwood: él dice que sus películas son buenísimas. Yo digo que los que son buenos son los actores, que se nota que están emocionados por haber conseguido ese papel y están entregados; la ilusión traspasa la pantalla. Los ojitos de Sean Penn exhalan el humo ritual del esfuerzo: «Me han elegido para estar aquí; cuántas conversaciones, negociaciones y saludos en restaurantes me ha costado». Un esfuerzo que, aun así, habrá sido menor, desde nuestro punto de vista, porque Sean Penn ya era muy conocido, seguro, para el propio Clint Eastwood, pero a mí la energía de Sean —que interpreta al padre de la joven asesinada— no me engaña: ha conseguido ese papel después de pasar muchos nervios.

El otro día valoramos qué serie podíamos ver después de cenar y él dijo: «True detective». A mí me daba pereza porque desde el propio título sospechaba que sería un asunto muy viril; la palabra detective lo dice todo. Efectivamente: qué poco tardó en salir ella —cadáver, desnuda y maniatada, esta vez en postura ritual, pintada de amarillo, con una cornamenta de ciervo sobre su núbil cráneo—. «Oh, dios mío —dijo el narrador—, pobre muchacha.» Hay que encontrar al asesino, ese maldito enfermo. Y no pararemos de filosofar agudamente por los pantanos hasta encontrarlo, ya se trate de un predicador malo, como el personaje de Robert Mitchum en *La noche del cazador* —esa Shelley Winters estrangulada y aparcada en su coche bajo el agua, el pelo entre las algas del río—, o de un tipejo en una caravana. Los guionistas serán astutos en su manejo de nuestras expectativas.

Vimos tres capítulos y entonces pensé que era el momento de volver a casa. «Pero ¿por qué? —dijo él—. Quédate y mañana madrugas.» «Todavía tengo que redactar el texto. Si duermo en casa, me levanto tranquilamente, me ducho y me pongo a escribir. Y luego la reunión a las diez. Despertarme aquí y luego ponerme en marcha es mucho más complicado.»

Ahora que han pasado unas semanas, tengo que reconocer que yo no era sincera con él. Entre su casa y la mía estaba el río, envuelto en una neblina de árboles y columpios; un parque de madrugada. Yo me había empeñado en disciplinarme contra mi propio miedo. Cada vez que lo detectase, caminar directamente hacia él. Sentía que era posible. Que merecía la pena. Él discutió un poco: «Me parece absurdo que te pegues ahora una caminata de veinte minutos». Estoy convencida, además, de que sospechaba que yo podía tener otro motivo para no dormir allí: «Ya no te gusto». Era sorprendente lo rápido que brotaba esa acusación en él, como si se le llenase la cara de erupciones. Me miraba rencoroso. «Quédate, anda.» «No, tengo que concentrarme.» Yo soy True Heroine, una diosa nocturna. Miro al horizonte impasible y me despido de los lugareños. Necesito cruzar esa maraña de murciélagos.

Las tablillas de madera del puente estaban como atrapadas en el aire congelado de la noche. Yo caminaba dentro de aquella esfera nevada; alguien había agitado la bola y una doncella se deslizaba de un extremo a otro de la maqueta: árboles, un sendero, columpios, ninguna silueta. Auscultaba mi propia palpitación y me decía a mí misma: «Vas bien, incluso puedes acelerar un poquito más el paso». La mirada como quien ajusta el espejo retrovisor del coche, nadie por aquí, nadie por allí, aunque siempre queda un ángulo muerto, una fuga para el espejo. Lo que no debe hacerse nunca a esa hora es caminar mirando el móvil, y mucho menos usar auriculares. Ninguna distracción; remover la cabeza como un ave, espasmódica, porque me parece que así lo hago más veloz, paloma urbana sin párpado. Alguien en mi barrio se dedicaba a poner pinzas de plástico rosa en las patas de las palomas: pinzas de la ropa. La paloma caminaba con la pata pinzada durante unos días, hasta que la gangrena daba paso cojo al muñón. Lo había visto en la puerta del supermercado: las palomas continuaban con su vida normal, buscaban comida, formaban parte del remolino sucio en torno al supermercado; unas enteras, otras con el muñoncito, otras con el cepo rosa. Supongo que alguien en el barrio lo sentiría como un triunfo.

Quedaba la última escala del viaje: el portal. Por supuesto, la llave dentro del puño, ahora un serrucho envuelto en cálido algodón, eso quiero creer: si me atacaran, ¿segaría su arteria con esta llavecita? Yo no soy Uma Thurman en *Kill Bill*, pero me gustaría tener sus capacidades de vuelo. Ella puede con todas las pinzas que le pongan en la pata. Llave en la cerradura, y el ave modula el cuello para esquinar todos los ángulos posibles del barrio. Nadie. Ultimísima prueba de Hércules: el interior del portal. Parece que nadie. ¿Y el ascensor? Mi cerebro duda de si esto ya no es sadismo: ¿debo subir en ascensor precisamente porque me da miedo? ¿No es una regla básica no subir en ascensor? El ascensor atrapa, retiene, concede tiempo al adversario. Podría haber un adversario dentro del ascensor, o, peor, fuera, cuando salgas, en el rellano de tu piso. Discuto conmigo misma: cuando camino por la calle de noche no miro el móvil, no porque me dé miedo hacerlo, sino porque un mínimo de atención hay que mantener para no verse arrollada por la desgracia. ¿Esto es lo mismo? No lo sé. ¿Debo subir en ascensor? ¿Yo deseo subir en ascensor? Concluyo que no. No voy a entrar en el ascensor, por prudencia. Ahora bien: si lo necesitara de verdad, porque tengo una pata rota o porque voy con el carro de la compra, sí subiría en el ascensor. El miedo no me impediría subir en ascensor. Digo.

Llegué a casa. Unos minutos para apaciguar la adrenalina y la duda de si de verdad no habría sido mejor quedarme a dormir con él. Di un corto paseo por la casa: aquí la cocina, aquí el baño, aquí el cuarto de mi compañera de piso, aquí el sofá, allí mi cuarto, mi cama vacía y el desorden que dejé por la mañana. Mandé a dormir a Clint Eastwood, a Matthew McConaughey y a Woody Harrelson: «Hala, detectives, callaos un rato».

Aquella misma noche, mi amiga Eva cruzó el mismo puente que, de puro frío y suspendido, parecía una de esas tablas de madera que se echan a las piscinas en invierno para evitar que el agua se congele y al aumentar de volumen provoque grietas en los mosaicos azules del fondo. Eva iba borracha, caminaba en zigzag. Yo crucé el parque a lo ancho, pero ella, antes de pasar por el puente, se hizo todo el largo del parque porque venía del norte y bajaba hacia el sur. Dice que no vivió ningún incidente. Eva tiene ese don: se emborracha, hace y deshace, pero os juro que nunca ha salido malparada. Debe de irradiar un tipo de seguridad en sí misma y en el universo que hace que a los agresores que andan escondidos entre los matojos de lavanda del parque ni se les pase por la cabeza tomarla con ella. Cuando digo «los agresores» puede sonar a criaturas mitológicas, pero yo sé bien que están ahí. Conozco a una chica que conoce a otra que vivió un episodio espantoso en esos mismos matojos de lavanda. No es una leyenda urbana, me sé los nombres de las dos informantes. Le hicieron eso de que te asfixian un poco para que te desmayes, luego te despiertas, luego te vuelven a asfixiar, así durante un rato, de manera que piensas que van a asesinarte y a dejarte tirada entre los matorrales de lavanda. Ella despertó allí, sola, y volvió a su casa, y luego delante de la policía intentó reivindicar lo que se le achacaba como error: se había duchado. Había cometido un fallo de estrategia para el protocolo que se activa después del paseo a rastras por los matorrales.

2

Volví a cruzar el puente el último día del año. El río de agua marrón se precipitaba y batía, espumoso como un capuchino. Llevaba mi aportación para la cena de Nochevieja: una bolsa de cítricos que me había regalado mi madre —todos los meses compra a una cooperativa y luego le entusiasma repartirlo en bolsas y darnos una a cada hija—, una botella de cava y un kilo de cuscús. Esto último me lo había pedido él, que había ideado el menú. Yo me encargaba del postre. Fue divertido pasar la tarde en la cocina con la música muy alta. Él estaba muy guapo con el delantal, con el cuchillo y las ciruelas, la barba llena de harina. Nos besamos contra la encimera. Hice bizcocho de cítricos. Abría la puerta del horno cada cinco minutos para sondear el estado de la masa; clavaba un palillo y luego miraba si el palillo salía seco. «Eres muy impaciente», me decía. Lo dejamos todo preparado para la cena y nos besamos otra vez, sentí cómo se le ponía dura. El delantal, la erección y el contraste entre el beso blandito y la presión... Es delicioso, de lo mejor que tiene la vida, como sentarse en un banco de piedra bajo el sol de invierno. Fuimos a la cama, y después encendimos el ordenador para ver algo antes de la cena. Estábamos desnudos y embadurnados en flujo y saliva, el mejor bautismo para empezar el año, como el ritual ese que hacen en el mar en Río de Janeiro. Un titular apareció en la pantalla: «La Guardia Civil localiza el cadáver de Diana Quer después de meses de incertidumbre». Entonces me deprimí de forma abrupta, caí por el barranco de espuma sucia del río, me convertí en un cítrico que rueda por la cascada más pequeña del mundo. Fui muy vehemente mientras explicaba los motivos de mi malestar. Me puse un jersey. «No entiendo por qué te afecta tanto», dijo él. «Es lo mismo de siempre», protestaba yo. Habíamos llegado a ese desenlace después de las especulaciones más fabulosas: ¿habrá huido por su cuenta? ¿Habrá tomado un barco rumbo a América? ¿Será la llamada de atención de una niña caprichosa? «Diana: si nos estás oyendo, por favor, no nos hagas sufrir más. No empieces nueva vida sin nosotros, arroja tu peluca, confiesa a tu casera de Los Ángeles quién eres realmente.» Qué ganas tenemos de un *The End* diferente. Pero no: una vez más, la furgoneta, el forcejeo, el pozo. Quinientos días de tertulias televisivas «especulantes», «Atención, mirad lo que ha encontrado nuestro equipo de investigadores: Diana tuiteó "Qué bien me vendría desaparecer una temporadita" dos meses antes de la noche del 18 de agosto». «Diana: cariño, si nos estás escuchando, vuelve a casa; sea lo que sea, sabremos perdonarte.» Pero no, es lo de siempre. Y como no es ficción, no tenemos a Clint Eastwood para mirar al horizonte. Solo un grupo de tertulianos que miran hacia abajo, hacia el calor doméstico del plató, y repiten las letanías, rezan el rosario del siglo XXI: «Quiero felicitar a la Guardia Civil», «Mis condolencias a la familia», «El asesino es un monstruo singular», «Ya no podían hablar doña Elvira y doña Sol. / En el robledal de Corpes por muertas quedan las dos. / Lleváronse los infantes los mantos y pieles finas / y desmayadas las dejan, en briales y camisas, / entre las aves del monte y tantas fieras malignas. / Por muertas se las dejaron, por muertas que no por vivas». Menos mal que tenemos la ficción, en la que El Cid puede repartir una ensalada de hostias, Clint Eastwood ancestral camino del horizonte.

Él, tumbado en la cama, dijo: «A mí no me interesan los sucesos». «Esto no es un suceso», quise pelear. Pero se había abierto un pozo dentro de mi cabeza —mi cabeza de repente una fábrica abandonada con un pozo dentro— y me había succionado.

Hasta ese momento, él no conocía a un personajillo que forma parte de mi vida y que suele sentarse en el borde del pozo, con los pies colgando hacia el interior. Era normal que no hubiera surgido la ocasión de presentárselo; cuando te enrollas con alguien, al principio es suficiente con aislarse y no ver a nadie más, pero después hay que hablar de otras cosas, ampliar el círculo, y entonces es inevitable conocer a los personajes secundarios de la historia. Amigas, hermanas, madre. Había llegado el turno de presentarle al Grillo Parlante, o también podría llamarse muñeco Hugo, un amigo que me acompaña siempre, invisible si así queremos entenderlo. Es... como un esqueleto, del tamaño de una marioneta de papel maché. Está hecho de recortes de periódico que cuentan las historias de mujeres que bajaron las escaleras de una lavandería, que salieron a pasear en bici o que volvían a casa caminando en zigzag. Este esqueleto mío no es grande, pero pesa. Soy su ventrílocua, lo siento en mis rodillas, enguanto la mano, giro su cabecita para que me mire y le hago preguntas. El esqueleto siempre me repite las historias que lo empapelan. «La policía resuelve un crimen de hace veintinueve años en Mallorca que quedará sin castigo»: María Dolores Santiago trabajaba en un hotel. Un día bajó las escaleras del sótano para encontrarse con un hombre. Quería romper la relación con él. Y allí la dejó el otro, encogida como una muerta antigua, descubierta por un albañil veintinueve años después, como un arqueólogo que irrumpe en la cripta neolítica. No se había escapado a ningún sitio, no había tomado un barco a América. «El crimen sin resolver de Puente

Genil: secretos de confesión para un asesinato.» Casterina Carrillo salió a dar una vuelta en bici, al atardecer, como una heroína solar, una tarde de julio. La noticia sobre Casterina Carrillo que forra las cuencas de los ojos de mi esqueleto de papel se funde en la cavidad y no termino de leer el final: dice algo de cadáver, olivar, rastro genético de dos hombres, crimen prescrito. No es un suceso, consigo decirle a él, mientras el esqueleto de papel, muñeco Hugo, agita mis manos como si yo fuera el títere. Es un convenio colectivo. Es imposible actuar en solitario. Alguien ha notado algo raro, alguien ha visto en una furgoneta una mancha sospechosa, alguien quiere proteger al sospechoso y piensa que el mal ya está hecho. Alguien consideró que no era lo suficientemente importante. Lo siento muchísimo por vosotras, solo queríais montar en bici, o cortar con ese tío y dejar el curro en Mallorca, y mira en lo que os hemos convertido entre todos, en una palabra impresa, en la cuenta de un collar que llevamos sobre el plexo solar y que nos jode transmitir a la siguiente generación como en un ritual de iniciación a la vida adulta. Tomad, aquí tenéis vuestro collar, felicidades. El baile de las debutantes. Tu Quinceañera. Tu puesta de largo. El esqueleto muñeco Hugo enroscado en tu pechera como una estola de zorro.

Se me acabó pasando el arrebato, claro. Teníamos horas por delante y conseguimos dejarlo aparte. Tuve que guardar al muñeco Hugo en la mochila. Cenamos, seguimos las doce campanadas, dijimos «Feliz Año Nuevo», me discipliné para follar otra vez. Me gustó, el primer día del año, despertar en su cama, adherirme a su piel caliente como bizcocho. Tumbarme sobre su barriga, aterida como una lagartija. Silencio en el fondo del pozo.

3

Cuando él se enfada conmigo yo me hago una bolita muy rápidamente. He tardado unos meses en darme cuenta de que en realidad no lo hago solo con él, sino que lo he practicado toda mi vida: ante el conflicto, hacerme una bolita y llorar. A él le molesta muchísimo que yo me ponga a llorar. El otro día me dijo: «Entiendo que te pongas a llorar en las discusiones, pero no me gusta. Creo que algún día dejarás de hacerlo, y tú también lo preferirás». He escrito «él se enfada conmigo» y me doy cuenta de que ya es pueril empezar así. Nos enfadamos los dos. Pero yo me aterrorizo si él se enfada. Bueno, exagero, no me aterrorizo. Me asusto. Y abro el grifo. El grifo de mis lágrimas no es uno de esos grifos que hay que abrir con esfuerzo, que exige agarrar un paño de cocina para envolver la mano y poder apretar más duramente. No es uno de esos grifos de jardín para los que hay que pedir ayuda a un hombre de la casa. No. Enseguida me pongo a manar lágrimas. Quiero hacerle sentir la persona más miserable del mundo, porque me ha herido, a mí, una mujer buena, una criatura bondadosa y frágil. Una doncella que intenta dar zancadas por su casa diminuta, de un lado para otro, airada. Él se enfurece. Yo tengo muchísimas ganas de abrir la puerta y abandonarlo. Que me sienta, que mi ausencia prive a la casa de oxígeno, la puerta como palanca de una máquina de envasar al vacío. Ahí te quedas, preso como un jamoncito deshuesado.

Pero ya llevamos tres meses de relación y parece que se nos da bien esto de contener los impulsos de fuga. Al final todo amaina, horas o días después. Salimos a dar un paseo por el río. Los matorrales de lavanda se calientan al sol de invierno. La gente rueda muy rápido: patines, bicis, carritos. Es domingo a mediodía y tenemos toda la tarde para cultivar nuestro enfado, nos lo podemos permitir, confiamos —supongo— en que a las once de la noche ya lo habremos resuelto de alguna manera y podremos afrontar la llegada del lunes sin deprimirnos demasiado. La superficie del río brilla como una piel escamosa. Yo busco la frase que demuestre definitivamente mi superioridad moral. Él quiere abrazarme, me agarra por los codos. Yo me siento muy desgraciada y lo empujo muy dignamente. Que note mi rechazo. Me molesta esta coherencia de pelearnos en domingo, tan encauzados, tan convenientes como los demás paseantes que ruedan por el paseíto ribereño: familias, deportistas, parejitas que discuten; qué adorable. Un disgusto suave como este invierno; no es una cuestión de nieve que sepulta secretos en una pequeña ciudad del interior de Estados Unidos y que pide la llegada de un detective. Es un clima entre continental y mediterráneo, con la tierra expuesta y las personas efusivamente públicas, hasta en sus peleas. Nos damos la mano. Más o menos nos reconciliamos y vuelta a casa, al sofá, la siesta, ¿qué película vemos? Yo quiero ver *Nagore*. Tecleo y encuentro.

Dirección: Helena Taberna. País: España. Género: documental. Año: 2010. Solo 1,95 euros en su plataforma de películas online de confianza, cama de matrimonio con cine de sábanas blancas.

Nagore Laffage fue una heroína nocturna que salió de fiesta por Pamplona el 6 de julio de 2008, víspera de San Fermín. «Estás rayada con estos temas.» Pero yo no quiero ficción esta tarde, no quiero detectives ni nada que transcurra en Nueva York —una de cada dos cosas que vemos o leemos transcurre en Nueva York, ya basta—. Él acepta porque la cuestión de quién suele elegir plan ha tenido algo que ver con el disgusto del día, y le interesa favorecer su propia promoción como persona de lo más generosa y flexible. Me siento ligeramente satisfecha por haberme empeñado en elegir visionado, porque siempre tiendo a ceder, como si de esa manera insinuase que en realidad estoy por encima de temas chiquititos y cotidianos como la elección de película un domingo por la tarde. No, ahora no he llorado; y sin embargo he insistido, mira qué bien, hasta el final, con mi deseo chiquitito y cotidiano.

«A Nagore le gustaban los chicos así, morenicos, fuertotes, pues el típico que le gusta a cualquiera de diecinueve años.» Esto lo dice una amiga de Nagore Laffage. Sonríe, el viento marino despeja su cara. Se lo dice a la persona que la entrevista y que está fuera de plano. Me gusta pensar que si lo dice es porque se siente cómoda durante la conversación, confía en su interlocutora y en que sus palabras sobre el derecho y placer de liarse con un tío que le parece atractivo serán bien interpretadas. Durante el juicio por el asesinato de Nagore, el jurado había preguntado a su madre: «¿Era Nagore muy ligona?». Imagino un *collage* vengativo, secuencia contra secuencia. El jurado que pregunta: «¿Era Nagore muy ligona?». Y las amigas responden: «A Nagore le gustaban los chicos así, morenicos, fuertotes, pues el típico que le gusta a cualquiera de diecinueve años». Como cuando entré por primera vez en el piso de él, que no es fuertote pero sí morenico. No tenía una sensación de peligro al adentrarme en esta casa. Identifiqué el sofá, la cocina pequeña, la puerta del dormitorio como la casa de un chico normal. Tan normal como Diego Yllanes, supongo. Estábamos borrachos, nos enrollamos, fue todo anodino y desastroso, pero bastante tierno; mereció la pena. Nunca mejor dicho, porque supongo que la situación daba pena, yo impostando los gemidos de puro entusiasmo, él un poco flojo porque nos habíamos tomado veinticinco gin-tonics para infundirnos valor. Nagore Laffage, sin embargo, cambió de idea y le dijo a Diego Yllanes que no, que no quería enrollarse con él. Y entonces: el forcejeo, la ropa rota, la llamada al teléfono de emergencias con un hilo de voz: «Me va a matar», el estrangulamiento. Y Diego Yllanes marca el número de un amigo y dice: «He hecho algo muy malo. ¿Tú has visto *Very Bad Things*?».

Very Bad Things. Dirección: Peter Berg. País: Estados Unidos. Género: comedia. Año: 1998. Sinopsis: Christian Slater y su pandilla de amigos se van de despedida de soltero a Las Vegas. Matan a una prostituta por accidente, la descuartizan y la meten en el maletero. Viven muchas peripecias en su fin de semana; es lo que tienen los viajes a Las Vegas, lo sabemos por las películas. Yo la vi con dieciséis años, en el cine, con mis amigos. Diego Yllanes intentó a descuartizar a Nagore Laffage; le cortó un dedo, pero abandonó la tarea. A continuación llamó al amigo que tenía un coche con maletero grande. El amigo no quiso cooperar y llamó a la policía, atacado de los nervios. Aquella mañana no hubo convenio colectivo para proteger al sospechoso.

Lo siento, Nagore Laffage. Siento que te hayamos convertido en una cuenta más del pesado collar. Tú no querías ser una heroína nocturna. Tú querías irte de fiesta.

Recoloco el portátil sobre la cama para poder apoyar la cabeza en el hombro de él. Tomo su mano y la coloco encima de mi plexo solar. Está caliente. Soy ese pozo abandonado donde se adentran y disuelven los rayos de luz. Esta noche volveré a marcharme a casa cuando se haga tarde, no me quedaré a dormir. Será que el pozo quiere cambiar su naturaleza. Imitar al sol. Arder, ser visto. Heroica. Miro la hora en el móvil; me iré como muy tarde a las doce.

Sobre la almohada, sentada, una presencia. Yo le expliqué a él quién era, y que siempre lo llevaba conmigo, pero creo que a él se le olvida verlo. El muñeco Hugo, esqueleto de papel, dirige hacia nosotros las cuencas ciegas.

Follación

Lucía-Asué Mbomío Rubio

LUCÍA-ASUÉ MBOMÍO RUBIO (Madrid, 1981) es periodista. Actualmente, trabaja como reportera del programa *Aquí la Tierra* de TVE, escribe para una columna llamada «Barrionalismos» en *El País* y colabora en *Píkara*, *Afroféminas* y *Ctxt*. En 2017 publicó *Las que se atrevieron*, una recopilación de seis relatos cortos sobre mujeres blancas que se casaron con hombres de Guinea Ecuatorial durante los últimos años del franquismo. En 2019 ha presentado su primera novela, *Hija del camino*, en la que cuenta la historia de una chica que pertenece a dos continentes, a dos realidades tan diferentes que a veces parecen irreconciliables y que, sin embargo, son la mayor de sus riquezas.

Me ha costado mucho escribir este texto para el libro. Mucho. Y no porque me diera vergüenza exponerme o porque temiera reabrir heridas que, en realidad, jamás acabaron de cicatrizar, sino porque buscaba y rebuscaba en mi biografía y no lograba encontrar ningún episodio susceptible de ser contado, que pudiera aportar algo a esta narrativa conjunta sanadora que pone palabras a hechos que siempre estuvieron ahí, pero que, al no contarse, se diluyeron hasta prescribir o desaparecer.

He hablado mucho con mis amigas, ese tipo de personas que podrían narrar mi vida con mayor rigor que yo por haber estado siempre cerca. Necesitaba preguntarles si recordaban algún capítulo de mi historia personal que pudiera caber aquí. Ninguna se acordaba de nada, tampoco yo, y sin embargo sabía que hubo algo que provocó que sintiera el peligro tal como lo experimentan los animales, como un instinto que provoca cambios en nuestro cuerpo, que nos hace revolvernos como fieras o incluso perder el habla. Literal. Lo sorprendente era que la desmemoria pudo imponerse al hecho en cuestión, pero no logró vencer la sensación, que sigue tan viva como si acabara de pasarme. A veces regresa en sueños y hace que me despierte empapada en sudor.

Al ver que no conseguíamos dar con el origen de ese pesar, mis amigas, generosamente, decidieron hacerme partícipe de sus historias, por si quería usar alguna para este libro. Por supuesto, las suyas sí las recordaba, pero la charla me sirvió para vestirlas de detalles. Hace un año, Lisa se fue de puente con otra amiga del grupo, Mayte, y decidieron alquilar un coche para poder moverse con comodidad y no tener que limitarse a visitar un único lugar. Dejaron para el final la ciudad en la que cogerían el avión de vuelta y evitar así que cualquier imprevisto pudiera traducirse en perder el vuelo. Por la mañana hicieron turismo y comieron el plato típico, y por la tarde continuaron visitando fuentes, estatuas, museos y catedrales. A última hora estaban tan agotadas que acordaron cenar en el hotel, pero una vez allí rectificaron porque era sábado y en todo el viaje no habían ido a ninguna discoteca. Enseguida comprobaron que casi no había mujeres por la calle, cosa que no las sorprendió, ya que en España nos jactamos de ser líderes del continente en cuanto a ambiente nocturno se refiere. Estando allí conocieron a un par de chicos, hablaron un rato, y Mayte salió a la calle con uno de ellos. Se quedaron frente al local, en un banco, besándose como críos, y Lisa acabó haciendo lo mismo con otro. Podría sonar a una historia de la EGB, de un viaje de fin de curso a Mallorca, si no fuera por lo que pasó después. Lisa estaba aterida de frío, de modo que le propuso a Monstruo que fueran al coche porque ahí podría poner la calefacción. Se lo dijo. Se lo dijo. Se lo dijo. Pero él entendió que si se dirigían al vehículo, era porque iban a acostarse. Siguieron besándose y acariciándose, hasta que él se cansó. Cuando mi amiga le dijo que no, porque se lo dijo, se lo dijo, se lo dijo, él siguió. Ella se resistió, lo empujó, se revolvió debajo de él, pero de poco le sirvió. Monstruo le sujetó las manos primero, le bajó los pantalones y la penetró sin preservativo, sin cuidado, sin amor. Ojo, no hablo de amor de enamorados que miran juntos a la luna o se dedican poemas, me refiero a ese que, de forma indefectible, deberíamos sentir hacia todos los seres vivos. Cuando se dio cuenta de que, hiciera lo que hiciese, no iba a servirle de nada, Lisa se dejó sobar y rezó, sin ser creyente, para que aquello acabara pronto y él eyaculara fuera. Terminó. Él se marchó, pero antes le dio el teléfono, por si a ella le apetecía repetir.

Me sentí frustrada por no haber podido ayudarla cuando eso sucedió, pero quizá lo que más me llama la atención y me subleva de todo esto fue cómo nos lo trasladó ella en su momento y cómo nos lo tomamos nosotras. Entre risas, señaló que tenía las muñecas marcadas todavía, que estaba viva de milagro y que debíamos celebrarlo. Hasta inventó una palabra para lo que sucedió que la mayoría de nosotras hemos usado alguna vez después: la follación, que es la estrategia que desarrollas cuando no quieres tener relaciones sexuales con un chico y ves que él va a hacerlo con o sin tu consentimiento. Básicamente, se trata de dejar de luchar, de pensar que no pasa nada, que es un polvo más con un tipo que ni te va ni te viene y que, a diferencia de lo que pueda parecer, no es algo que haces por él, sino para evitarte el trauma subsiguiente o la muerte. Eso no es un sí, porque tú dijiste no. Dijiste no. Dijiste no. Dijiste no. Es una de las miles de estrategias de supervivencia física y mental que las mujeres implementan desde hace siglos.

Otra de mis amigas, Andrea, contó que ella, que es usuaria de aplicaciones para ligar por internet y queda con sus citas en el piso en el que reside sola, un día tuvo problemas para echar a un tipo que la hizo sentir incómoda y que no quiso ni entenderlo ni irse. Monstruo apareció con una mochila, la abrió y se puso el pijama como si estuviera en su casa. Llamaba a Andrea «cariño» o «mi amor», y desde el primer momento se comportó como si fueran pareja solo por el hecho de haber hablado los días previos a la cita. Tras la conversación protocolaria, que servía para «desvirtualizar» todo lo que se habían contado por chat, se liaron en el sofá. A ella no le gustaron nada sus formas; la agarraba el cuello con fuerza, a pesar de que Andrea le dijo que eso no le gustaba. Se lo dijo. Se lo dijo. Se lo dijo. Él cambiaba el tono de voz y respondía a sus observaciones con suavidad: «No te preocupes, cariño, todo está bien», y seguía haciendo lo mismo, demostrando que solo importaba lo que quería él. Andrea deseaba que aquello concluyera lo antes posible, así que suplicó al universo que el tiempo se acelerara. Cuando terminó, le pidió que se fuera. «Vete.» Se lo dijo. Se lo dijo. Se lo dijo. Pero él le contestó que no pensaba irse porque ya no había autobuses y estaba demasiado lejos de su casa, razón por la cual se había llevado su ropa de dormir. Antes de ir, decidió que se quedaría, sin consensuarlo con la dueña de la vivienda, y nada de lo que ella le rogara, ya que Andrea se lo rogó, se lo rogó, se lo rogó, le haría cambiar de idea, ni siquiera que ella se ofreciera a pagarle un taxi. Permaneció en una casa en la que no era bien recibido, con su pijama, en la cama de mi amiga y pidiéndole que lo abrazara. En mitad de la noche, volvió a tener ganas «de hacer el amor», «el amor», mintió Monstruo, como si supiera qué significa esa palabra, y ella pensó que la mejor alternativa era la follación, para que aquello acabara pronto.

Fingir para salvarse, copiando la táctica de los animales que se hacen los muertos para que los dejen tranquilos. De igual modo que Lisa después de que aquello pasara nos lo contó como si nada, a través de un audio de WhatsApp:

«Pero ¿estás bien? ¿Necesitas algo?»

«No, tía, necesitaba que se fuera y se ha ido.»

Y ya está. Normalizando lo anormal.

Antes de participar en este proyecto coral, recuerdo que, quizá no con tanta profusión de detalles, mis amigas ya aludieron a algunos de sus episodios impronunciables, porque decirlos en voz alta implica tenerlos presentes, y entonces la magia del escondrijo voluntario desaparece. Fue con motivo del #yotambién. Ellas no tienen Twitter, pero yo sí, y les mandé el hilo eterno de horrores padecidos por mujeres que confesándose parecían liberarse. Se revelaron experiencias execrables en todos los ámbitos posibles: el laboral, el sentimental, el familiar...

El grupo enmudeció largo rato, hasta que empezó a desperezarse y pudimos sepultar los eufemismos y llamar a las cosas por su nombre. Supongo que había sido más sencillo para ellas inventar neologismos que utilizar la palabra «violación», o quizá ni siquiera sabían que lo era porque, erróneamente, pensaban que para poder tildar un acto de esa manera debía parecerse a la secuencia infernal protagonizada por la actriz Monica Bellucci en *Irreversible*, en la que acaba sangrando e inconsciente. Y no. Todo esto conecta con ese silencio tozudo derivado de la vergüenza que nos da a las mujeres hablar, debido a que, además de víctimas, nos sentimos culpables, y eso nos aboca a una interpretación subjetiva y solitaria de algo tan grave.

Dejé de leer pronto aquella confesión eterna que no cesaba de crecer, porque notaba cómo me provocaba dolor en el vientre. Era algo físico. Me encontré con muchos nombres reales y falsos detrás de los cuales había mujeres a quienes conozco personalmente y a las que pensé que no podría mirar igual tras haber conocido su sufrimiento y su valor posterior, el que les ha permitido levantarse y vivir a pesar de los Monstruos que pasaron por sus vidas. Y esto que acabo de escribir resulta fundamental; #yotambién mostró víctimas que no querían ser victimizadas, sino leídas como lo que son: supervivientes que han demostrado que los sistemas opresores no son anécdotas. No fueron ni una ni dos, nada de lo que habían vivido había sido casual ni involuntario ni por haber pasado por cierto lugar, a cierta hora, con cierta indumentaria o sin compañía. El culpable de esto no era un trastornado, como se tiende a decir, un hombre malvado o una bestia con la que la mala suerte hizo que se toparan, que también, pero no solo. Más allá, más arriba, más antiguo y más grande está el sistema que favorece que existan Monstruos, que lleva siglos esculpiéndolos con el cincel del patriarcado.

A todo esto, seguía faltando yo.

Siempre he sido de las que se han hecho las fuertes, de las que han acompañado a sus amigas por la noche para que llegaran a salvo, de las que se han reído cuando les han dicho que envíen un mensaje al llegar a casa. No obstante, los he mandado y no me he quedado tranquila hasta que he recibido los de ellas. Creo que soy así porque forjé una imagen de tipa dura en mi infancia, cuando respondí al racismo con miradas desafiantes, palabras y, a veces, guantazos para defenderme, pero sobre todo con la finalidad de tratar de extirpar de cuajo las faltas de respeto y evitar que los insultos se prolongaran en el tiempo, aprovechando mi debilidad. Sin embargo, que contestara a los ataques no significa que matara el miedo. De hecho, nunca murió, solo que no lo llamaba así. Vivo alerta, y cuando oigo gritos vuelvo a cerrar los puños, aunque tenga las manos dentro de los bolsillos.

Así pues, mi caparazón está plagado de grietas.

Imagino que buena parte de las que escribimos desde España contamos cómo nos afectó el triple crimen de Alcàsser. Yo tenía once años cuando Desirée Hernández, Toñi Gómez y Miriam García desaparecieron. Sus rostros estaban todo el día en las noticias y en el resto de la programación. Las tres se dirigían a una fiesta que iba a tener lugar en una discoteca situada a solo dos kilómetros de su casa, un tramo que habían recorrido infinidad de veces. En esa ocasión, la última, decidieron hacer autostop, una práctica común para miles de personas en los pueblos pequeños, por la confianza que da saber que los dueños de los coches son conocidos o conocidos de conocidos. Ni sus amigas ni sus padres volvieron a verlas con vida.

Dos meses y medio después, un apicultor valenciano encontró sus cuerpos al ir a visitar sus colmenas. El crimen de Alcàsser tuvo consecuencias en una España que pensaba que esas cosas aquí no pasaban; no así, al menos. Antonio Anglés y Miquel Ricart, señalados como culpables, vivían cerca del pueblo de las chicas. Desde entonces, las madres y los padres empezaron a agarrarse el pecho cuando salíamos de casa y nos retrasábamos algunos minutos, o a impedir directamente que abandonáramos nuestros hogares a partir de ciertas horas, como si los malos usaran únicamente el manto de la oscuridad para esconderse. Sabían que el momento de los desvelos nocturnos llegaría a sus vidas, pero no esperaban que fuera en un pueblo ni a tan temprana edad. Solo se permitían arrancarse la mano del corazón cuando oían que se cerraba la puerta de casa y que los pasos suaves de sus hijas alcanzaban su meta: la cama. Y entonces dormían, aunque el miedo ya se hubiera instalado en su seno. Ese miedo que, en realidad, llevaba tiempo dentro, desde el día en que nos parieron, y que solo hacía falta avivar.

Recuerdo que en 1993, algunos meses después de que aparecieran los cadáveres de Miriam, Toñi y Desirée, volví a mi lugar de veraneo habitual, una aldea pequeñita de la Castilla en la que la línea del horizonte se dibuja muy lejos, tras los campos de cereales que a esas alturas del año son una hermosa alfombra amarilla. Era el espacio tradicionalmente seguro en el que los jóvenes y los niños tomábamos las calles a pie o en bicicleta, sin hora de vuelta. Hasta que el cansancio nos derrotaba no regresábamos a nuestros lechos para recargar fuerzas y comenzar de nuevo, con el primer rayo de sol. Pero esas vacaciones fueron distintas: aquel lugar había dejado de ser seguro después de que unos salvajes asesinaran a tres chicas jóvenes a las que pusimos cara, nombre e historia con un final profundamente infeliz. Nos obligaron a ir en grupos grandes, cosa relativamente fácil en una época en la que los amigos se cuentan por cientos, más aún en los pueblos; nos prohibieron hacer autostop, aunque fuera con personas a las que conocíamos desde que abrimos los ojos, y nuestras madres y nuestros padres comenzaron a trasnochar para ir a recogernos porque preferían dormir menos a esperarnos con el alma en vilo o quedarse sin ella.

A esa edad, lo que nos gustaba era escondernos o dar vueltas por los puentes, que era una forma de circundar la aldea pasando por encima del río y alejarnos de los núcleos habitados. No dejamos de hacerlo; de lo contrario, vencerían ellos, los malos, pero mirábamos a todos lados y si veíamos una sombra o notábamos que algo se movía, gritábamos «¡¡¡Angléééééés!!!» con tanta intensidad que llegué a pensar que se nos podía escapar el pulmón del tórax. El hombre del saco con el que nos habían amedrentado para animarnos a dormir estaba vivo y libre. La policía solo apresó a uno de los culpables, Ricart; el otro podía seguir cometiendo sus tropelías infames.

Fue así, con aquellos gestos, con las exhortaciones y las prohibiciones, como nos cedieron el testigo del miedo. Y aunque aún no lo reconociéramos ni le diéramos nombre, entendimos, siendo muy pequeñas, que la vida puede acabarse, o que pueden acabarla sin previo aviso, de forma cruel, sin que medie ninguno de los porqués que la Europa de las comodidades nos ha enseñado: enfermedad, accidente y, sobre todo, vejez. Pese a ello, mantuvimos el ejercicio de resistencia de nuestras madres y abuelas y, con miedo o sin él, continuamos saliendo, con precaución, pero fuera de nuestros hogares. En las calles, en las plazas, en los pueblos y en las ciudades.

Supongo que los temores también están relacionados con la conciencia que regala la edad. Cuando era bastante más joven, como no tenía casi dinero me iba a campos de trabajo en diferentes lugares de Europa, donde me daban alojamiento y practicaba idiomas. Si conseguía ahorrar algo, continuaba viajando por las ciudades o países limítrofes. He dormido en estaciones de autobús casi vacías, en ferris baratos, en taxis compartidos, en tiendas de campaña y sin saco, al lado de una pocilga de cerdos cuyo olor era insoportable; he compartido suelo con cinco personas en cuchitriles infectos y nunca me ha pasado nada. Más adelante, siendo ya periodista, he grabado en cinco continentes, en favelas y en zonas prósperas, con el equipo y sola, y lo cierto es que jamás he tenido ni un susto... hasta que me lo dieron cerca de mi casa.

Tuve una pareja a distancia durante dos años que vivía en la provincia de Castellón. Ir a verlo en tren me costaba más de cien euros, y en autobús, alrededor de siete horas. Cuando comprobé las limitaciones del transporte público para poder visitarle, comencé a utilizar Blablacar. En este sistema para compartir coche, el conductor, que tiene un perfil verificado por la web, publicita su ruta, la duración estimada, el punto de recogida, el número de personas a las que transportará y el lugar en que las depositará. También exigen una autodescripción a los usuarios, y, por si eso no fuera suficiente, una vez termina el viaje, el conductor puntúa al pasajero y lo recomienda... o no. Con toda esa información, me parecía más que seguro. Y así lo había sido siempre.

Los viajes se me pasaban volando. Coincidí con personas de todas las edades, orígenes y bolsillos y, durante algunas horas, vivía en una especie de encierro en movimiento. Me topé con gente con la que, por su ideología, gustos y preferencias, no habría hablado en mi vida, entre otras cosas porque no habríamos habitado espacios comunes.

Solía haber un protocolo no escrito por el cual todas las conversaciones empezaban de la misma forma: decíamos cómo nos llamábamos y por qué íbamos al lugar de destino. La vuelta a casa en jornadas de asueto, el trabajo y el amor estaban en lo alto del *ranking*. Luego tirábamos de los diferentes hilos, y para cuando íbamos por Cuenca, ya nos estábamos adentrando en un territorio que podría calificarse de íntimo.

Ser usuaria de Blablacar implica pagar, además del importe que establece el conductor, un suplemento por el servicio. No es raro que si ya conoces a la persona que va a llevarte, la llames y le solicites que te reserve un hueco. Recuerdo haberlo hecho a menudo con una pareja simpatiquísima que iba a una localidad cercana a la de mi ex. Se planteaban buscar trabajo en la zona y mudarse en algún momento, y debieron de hacerlo, puesto que no los vi nunca más en la aplicación. Así que en los últimos tiempos empecé a obrar de la misma manera con Monstruo, un hombre de Madrid cuyos padres tenían una casa en la playa. Solo tenía cuatro años más que yo, pero parecía mayor. Tenía los ojos claros y el pelo peinado con la raya al lado, y vestía muy clásico. Era locuaz y tenía sentido del humor; en las noticias lo describirían como «un chico normal». Tiempo atrás había trabajado en la construcción y ganado mucho dinero, cosa que se notaba por las ostentosas marcas de su ropa de nuevo rico. La crisis supuso un frenazo importante en su ritmo de vida, contó en algún momento, de modo que tuvo que vender algunos de los coches que tenía y apretarse el cinturón.

Al principio coincidíamos por horarios, sin más. Después él empezó a ajustar su hora de salida para que a mí me diera tiempo a concluir mi jornada laboral, de forma que pudiera sumarme al viaje con el resto de los pasajeros. En los más de quinientos kilómetros que separaban Madrid de nuestro destino, hablábamos de todo. Él sabía que yo trabajaba en televisión y en qué programa, así que comentábamos los reportajes que ya se habían emitido. Un día me dijo que quería vender su tablet, y yo le respondí que podría comprársela, pero, como no la llevaba con él, me emplazó a que nos viéramos a lo largo de la semana por mi barrio para hacerme la entrega. Días más tarde, nos tomamos un refresco en una plaza cercana a mi casa, se la pagué y se fue.

La relación fue estrechándose, y de vez en cuando se comunicaba conmigo vía WhatsApp y me escribía algún mensaje intrascendente, sin venir a cuento, o me llamaba el jueves para decirme que no sabía si iría a su casa de la playa, pero que si yo le confirmaba que me unía al viaje, el viernes podríamos salir para allá a la hora que yo quisiera, porque a él le daba pereza conducir solo o con desconocidos. Le ponía un precio irrisorio a la carrera, y yo, claro, acababa por animarme. Todo resultaba fácil, se ofrecía a ir a buscarme al trabajo o cerca, y en la última etapa dejó de llevar a más gente y de publicitarse en Blablacar. En todo este tiempo, nunca sucedió nada extraño y no podía decirse que fuera mi amigo, pero sí era alguien que no me generaba desconfianza, hasta que dejó de ser así.

La mañana del día en que teníamos previsto regresar, me llamó por teléfono para preguntarme si podíamos salir dos o tres horas más tarde y así evitar la caravana de vuelta. Su sugerencia me pareció perfecta, puesto que me permitía exprimir un rato más el escaso tiempo que pasaba con la que por aquel entonces era mi pareja. Quedamos a las siete, lo cual implicaba que llegaría a mi casa a eso de la medianoche, pero al ser verano anochecía casi a las diez y podríamos ver cómo caía el sol desde la carretera, especialmente cuando pasáramos cerca de los aerogeneradores, esos molinos modernos. Fue a casa de mi exnovio e incluso le dio la mano cuando nos despedimos. La ruta transcurrió bien, como siempre. No recuerdo con exactitud nuestra conversación, seguramente nos contamos qué tal lo habíamos pasado y es más que probable que pusiera una de sus listas de reproducción automática hecha con las canciones que sabía que me gustaban, porque yo se lo había dicho en viajes previos. Lo cierto es que, poco a poco, le había dado un montón de información sobre mí, pero yo no sabía casi nada de él.

Gracias al momento que escogió para salir, la carretera no parecía estar muy transitada. Sin embargo, cuando empezamos a acercarnos a Madrid, de noche ya, el paisaje cambió y nos encontramos con una hilera enorme de hierro, neumáticos y luces encendidas de la cual no podía verse el final. Todavía estábamos por Tarancón, en la provincia de Cuenca, a unos ochenta kilómetros de la capital, y aquello no solo no se movía sino que no parecía que fuera a cambiar en horas.

Monstruo, que era de un pueblo pequeño del sur de la Comunidad de Madrid y conocía bien las carreteras secundarias, me sugirió que cogiéramos una, argumentando que tardaríamos lo mismo que si esperábamos allí, pero al menos no nos sentiríamos encerrados en una ratonera. Acepté.

El camino que cogimos estaba mal iluminado y no nos cruzamos con ningún otro coche. A nuestro alrededor solo había campos secos, flores tardías y árboles. De vez en cuando aparecía algún pueblo pequeño y dormido en el que no se veía ni un alma. No obstante, en ningún momento tuve sensación de peligro, iba con Monstruo y estaba segura. No era mi amigo, pero hasta entonces no creí que eso hiciera falta.

De repente, él empezó a hablar de sexo. Yo no tengo problema en abordar ningún tema, tampoco ese, pero me resultó extraño, en un lugar como aquel, a esa hora y de esa forma. Quería saber si a mí, con la fama que tenemos las «mulatas» de ser calientes, me gustaba hacer tal o cual cosa. Me pareció que aquello estaba fuera de lugar y se lo dije. Se lo dije. Se lo dije. A partir de ahí, empezaron a saltar mis alarmas. Rebusqué con nerviosismo en mi bolso gigante hasta que di con mi teléfono y escribí a mis amigas un wasap: «Vengo con un hombre de Castellón, vamos solos los dos en el coche y me está hablando de sexo».

El mensaje no se enviaba porque la cobertura era muy pobre en esa zona, iba y venía. Él lo sabía y se dio cuenta de mi desconcierto, aunque yo intentara disimular. Al fin llegó el mensaje y ellas me respondieron: «No jodas, tía, menudo cerdo».

Eso pensaba yo, que miré a Monstruo como si lo viera por primera vez, porque aquella persona no era la que yo conocía, era otra, y él también me miraba de forma diferente a mí. Con hambre. «Si te hago algo aquí, nadie se enteraría de nada y para cuando dieran contigo yo podría estar al otro lado del planeta. Nadie podría sospechar de mí, porque no me has cogido por Blablacar, y no creo que tu novio haya apuntado mi matrícula», dijo con una sonrisa asquerosa que le cubría una mitad de la cara.

Mi cuerpo empezó a experimentar cambios, se me erizó el vello, se me tensó la piel, sentí cómo se me contraían todos los músculos de la nuca y me di cuenta de que me había quedado paralizada. Tal como hacen los animales, intuí el peligro, podía olerlo, pero, a diferencia de ellos, no era capaz de reaccionar. Aquello quizá duró únicamente unos segundos, no lo sé, porque cuando he pasado situaciones estresantes o de terror suelo vivirlas ralentizadas. Cuando recuperé la movilidad, cogí el teléfono de nuevo. Continuaba sin cobertura, pero escribí, por si algún día llegaba: «Es un coche de color rojo». Les dije la marca, incluí el nombre real de Monstruo y concluí con un: «Suerte, espero que no me toque pasar por una follación».

Escribí esa estupidez muerta de miedo porque ni siquiera entonces quería pensar en llamarlo violación, solo en salvar mi mente. A mi cuerpo lo daba por perdido.

Llegamos a un pueblo con más farolas, más pisos y algunas personas. Le pedí que me dejara ahí. Él insistió en llevarme hasta mi casa porque por la hora que era me costaría encontrar la forma de llegar, pero yo lo que quería, lo que necesitaba, era no verlo más. Conseguí que me soltara, no porque se lo suplicara —aunque se lo supliqué, se lo supliqué, se lo supliqué—, sino porque vio que tenía el móvil en la mano y marcaba el 112, el número de emergencias. Abrió el seguro de la puerta y me fui corriendo, tomando aire como si acabara de sacar la cabeza del agua después de bucear. No me encontré a nadie por la calle; lo único que veía eran viviendas cerradas y una torre coronada por un reloj. No sabía ni dónde estaba, tuve que mirar mi ubicación en Google Maps. Busqué un taxi por internet y cuando por fin llegó, noté que la nuca volvía a su estado normal. La carrera hasta mi casa me costó más del doble del trayecto en coche Castellón-Madrid.

Me consta que mi historia nada tiene que ver con las experiencias terribles que han tenido que padecer algunas mujeres. Sin embargo, mi intención aquí no era solo trasladar mi verdad —cambiando los nombres, eso sí—. Pretendía reflexionar sobre cómo a veces creamos palabras de consuelo y nos engañamos para vivir en paz, aunque hayamos batallado, ganado o perdido mil guerras. El miedo existe, pero nunca nos ha frenado. No puede. No sabe. No queremos. No se lo permitamos.

El culo

Sabina Urraca

SABINA URRACA (San Sebastián, 1984) es una escritora y periodista española, conocida especialmente por sus artículos de periodismo de inmersión. Colabora con publicaciones como *Vice, El País, Tribus Ocultas, El Comidista* o *Eldiario.es*. En 2017 se publicó su primera novela, titulada *Las niñas prodigio*, escrita durante su retiro de un año en La Alpujarra y publicada por la editorial Fulgencio Pimentel, ganadora del Premio Javier Morote, otorgado por el CEGAL, y seleccionada por New Spanish Books. Recientemente se ha editado en versión portuguesa. Su narrativa, en la que mezcla ficción y realidad, también bebe de lo personal y es un ejemplo de narrativa de autoficción.

Al principio pensó que Culogordo era un apodo sin relación con nada, un mote como podría haberlo sido Brujita o Gordita. A veces, su madre la llamaba de estas dos últimas maneras, y ni estaba gorda ni su rostro —chato, suave y comestible como el de casi cualquier niña— guardaba ninguna semejanza con el de una bruja. Pero aquella mañana de Navidad, su tío, intentando chincharla, lo dijo: «Culogordo». Y ella, sin sentir que el apodo fuese de ninguna manera personalizado, le respondió: «Culón». Y así siguieron a lo largo de toda la comida, él inamovible en el mote recién creado, ella con la risa floja y descontrolada por los cinco vasos de Coca-Cola con cafeína que se había bebido. Su nuevo nombre la hacía reír de la misma forma que cuando decía «Caca, culo, pedo, pis» en susurros excitados en la fila para entrar en clase. Cuando eres niña, el cuerpo no es más que el centro, una máquina exploratoria del mundo. Mientras el cochecito de carne y huesos funcione, mientras las pupilas se agranden y se achiquen según el grado de asombro, ¿qué importan las formas del cacharro?

No fue hasta un par de años después, a los ocho, en la fiesta de comunión de un amigo de clase, con sus primeros vaqueros de bajos desflecados y un chaleco naranja y verde que había tejido su madre, cuando el chispazo de información llegó de verdad a su cerebro. Había una tarta elaborada enteramente con nubes de golosina —menudo sueño, cuánto griterío—, y mientras la chiquillería se lanzaba sobre aquellas masas esponjosas color pastel, la madre del homenajeado rascaba los últimos restos de la paella para dar de comer a un tío que había llegado tarde. El tío observaba la escena de la horda de chiquillos mascando nubes. Mantenía la sonrisa distante del que ha tratado pocas veces con niños y no tiene demasiado interés en hacerlo. Pero de pronto su mirada, que hasta ese momento revoloteaba desatenta, se fijó en un punto.

Y entonces, paella en boca, mostacho bailón, hizo un gesto con la cabeza señalándola a ella, una niña más entre el tumulto, y dijo: «Menudo culo para una niña». Ella se quedó petrificada por el asomo de una certeza, pero por lo pronto era solo eso: la sombra de una patita de lobo adivinándose bajo la puerta. Salió corriendo hacia el jardín; exhalación de color carne y pelo castaño, risa: las bocas masticaban nubes, se iniciaba un partido de béisbol, tenían que explicarle cómo era porque nunca había jugado a eso.

Al cabo de media hora de carreras y sudor, cuando se encaminaba al baño a hacer pis, la madre la interceptó. Era una presencia materna clásica, de manos frescas que olían a alguna crema, de respiración agitada por el trajín de la comunión de su hijo. Pero había cierta incomodidad en su gesto. «Te acompaño», le dijo. Y la agarró por el cuello con una firmeza que podía ser la rigidez disciplinaria de una maestra, pero que más bien parecía miedo. La madre se quedó esperando fuera, revisando la manicura sencilla de uñas redondeadas y pintura nacarada, hasta que ella terminó. Era esa clase de madre que en momentos de tensión aparta cutículas y que, en general, intenta dejar el mundo como la uña: límpido, pulcro, inviolado. Después del pis la acompañó otra vez al jardín. Antes de otorgarle de nuevo la libertad, le sacó del pantalón los faldones de la camisa. Y tras ese gesto, sorprendentemente revolucionario en lo que respecta a la etiqueta de las comuniones, pareció que su miedo maternal se disipaba, que su incomodidad quedaba atrás para dar paso a un nuevo rictus. La observó con sus ojos de perro tímido, su torpe mirada de ocho años. ¿Era aquello un reproche? ¿Lo era? Se dijo que era imposible, porque no había hecho nada malo.

Jugó el resto de la tarde sintiendo un pequeño peso sobre sus hombros. En cada carrera, en cada golpe fallido con el bate de béisbol, sentía dentro un tintineo de piezas sueltas, como un puzle por montar que es paseado violentamente de un lado a otro dentro de una bolsa con la esperanza de que, por un milagro del azar, algunas piezas encajen tras uno de esos golpes y pueda entenderse algo. Antes de irse, el tío le guiñó el ojo. Le pareció que la madre la besaba más rápido que a los otros niños, como deseando que se fuera cuanto antes. La despidió exactamente con el mismo nervio vivo con que horas antes, en la puerta del baño, se había apartado las cutículas.

Ya de noche, de vuelta en casa, precipitándome al borde de la fiebre por el azúcar y la diversión, parecía demasiado tarde para poner las piezas de aquel puzle sobre la mesa y ver qué encajaba con qué. A punto estaba de sucumbir al poder borralotodo del sueño cuando una punzada en el pecho la hizo salir de la cama y abrir la puerta del armario, que tenía espejo. Se plantó de espaldas a él y, con el gesto entre perezoso y asustado de un dinosaurio bebé emergiendo del huevo, retorció el cuello y se miró. Un par de alas plumadas saliendo de su espalda no la habrían sorprendido más. Así como, en general, otras niñas de torsos, piernas y brazos delgados como ella mantenían cierta uniformidad, ella poseía un rasgo diferenciado: del final de su espalda brotaban dos nalgas redondas, carnosas, duras, que se aventuraban sorprendentemente lejos de su cintura. La línea nacía de su cuerpo, se alejaba, como buscando explorar un lugar distinto, y volvía de nuevo, provocando el efecto de un adminículo externo, un órgano creado para un propósito determinado. Pero ¿cuál? Las palabras «Menudo culo para una niña» parecían arrojar una luz débil y tenebrosa sobre la función del mismo, pero seguía caminando a tientas.

En los días siguientes vivió torturada por la disonancia entre su aspecto frontal y la visión trasera que su cuerpo le ofrecía. Si el resto de sus formas hubiesen sido igualmente pícaras y sugerentes, no habría estado mal. El conjunto habría resultado impactante, pero no discordante. En su caso, ese rostro de mofletes infantiles, la boquita de piñón, los incisivos grandes, las cejas rubias, el pelo castaño en bucles desordenados, la nariz leve, y cierta tendencia a quedarse embobada, ensimismada y boquiabierta, le impedían tener una apariencia grave y resuelta acorde con esas nalgas. Su culo era una carga absurda, como si un dios caprichoso y juguetón hubiese decidido adosarle un cuerno en medio de la frente o escamas de sirena bajo la falda, pero sin el potencial atractivo mágico de esas dos cualidades. El culo era solo eso: un culo, masa de carne vulgar, cero estrellitas mágicas. Pura humanidad modelada por el cincel de un caricaturista.

Algunas mañanas abría los ojos e inmediatamente atribuía aquella visión, la de las nalgas en el espejo, a las jugadas traviesas del sueño. Había algo ciertamente onírico en todo ello: ¿quién descubre de pronto, a los ocho años, unos cuantos antes de que se produzcan las mutaciones de la adolescencia, que posee un órgano nuevo? Pero se miraba en el espejo y no era un sueño. Ahí seguía aquel culo. Real, incólume, casi burlón. Atemorizada, observó todo su cuerpo de nuevo, y era como si lo viera entero por primera vez. Muchos años después un amigo le contaría que, a los diez años, habiendo descubierto recientemente que al frotarse el pene obtenía un placer insospechado, se dispuso a frotar de la misma forma brazos, piernas, nuca, lumbares, dedos, por si allí también se producía esa magia, por si también brotaba la chispa. En su caso, igual que en el de su amigo, las otras partes no igualaban al órgano recién encontrado: el resto del cuerpo era llano, estéril, correcto. El culo, en cambio, sugería sensaciones que aún asomaban muy tímidamente en su cerebro.

Salió de la escuela de ballet medio a hurtadillas, intentando que nadie se diese cuenta de que se iba nada más terminar la clase. Había empezado a escabullirse así hacía poco. Para evitar ofrecer una visión demasiado evidente de su recién descubierto apéndice, había dejado de ducharse en los vestuarios de la academia. Sabía que las medias y la licra rosa —brillos tornasolados que recorrían su cuerpo en cada movimiento— no eran precisamente un biombo ocultador de su culo, sino más bien todo lo contrario. Pero asumía, temblando por dentro, que en ese ambiente exclusivamente femenino nadie alzaría un dedo para señalar la anomalía. Aun así, prefería reducir las posibilidades al máximo. Tras la observación casi obsesiva de su propio culo —girando la cabeza, usando un espejo, mirándose de refilón en un escaparate de la calle—, había concluido que desnudo era mucho más monstruoso que vestido, así que la desnudez quedaba vetada. Cuando oía las palabras «clausura» y «clarisas», sentía un leve vuelco en el corazón, una punzada de identificación en el pecho, como si estuviese a punto de ser descubierta. De puertas afuera, era una niña de casi nueve años, sonriente, feliz, a veces perfeccionista en exceso, proclive a ataques de llanto que luego se negaba a justificar y que terminaban enseguida, dando paso de nuevo a la sonrisa y al juego. Por dentro, entre sus tripas, bailaba la conciencia de estar encerrándose, ocultando una verdad inmensa y evidente.

Ese día, tras la clase, se había desatado las zapatillas de punta con especial prisa, casi ansiosa por salir corriendo a la calle y entregarse al paseo solitario de veinte minutos hasta su casa.

Sentía un nuevo ardor, una nueva furia. A la nueva molestia de los pechos que crecían (nada apenas; esa leve hinchazón de los pezones era algo que solo ella, su madre y un pediatra de la Seguridad Social sabían, y el pediatra debía de estar tan harto de ver botones mamarios en distintos estados de floración que con toda seguridad habría olvidado ese oscuro secreto de Estado), se sumaba ahora un calor inusitado en las nalgas. Disimulado y silenciado día tras día a fuerza de jerséis atados a la cintura, de pantalones de chándal anchos y de pegarse mucho a las paredes siempre que hubiese oportunidad, el culo, ahogado, pedía salir. Ahora caminaba inspirando con fuerza, con las deportivas de velcro de color rosa y blanco y la trenca amarilla puestas directamente sobre el maillot y las medias. En el paseo solitario entre villas coloniales y palmeras que debía recorrer para volver a casa, se topaba siempre con un viejo árbol de ramas secas, el único que europeizaba el camino tropical. En los últimos tres años, una de las ramas del árbol, que creía ya muerto, había rebrotado en forma de bracitos verdes y hojas tiernas y translúcidas. Solía detenerse bajo la rama renacida y alzarse sobre las puntas de los pies para intentar tocarla, sin lograrlo. Ese día lo hizo una vez más, y vio sorprendida que sus dedos, quién sabe si por su propio crecimiento o por el del árbol, rozaban los brotes nuevos. Con esta elongación extrema del cuerpo, el borde de la trenca se elevaba, exhibiendo su culo. La fina tela de las medias y el maillot tornasolado dejaban pasar el viento fresco de invierno, produciendo una sensación de desnudez. El culo, como un animalito que lleva meses encerrado en una caja con agujeros en la tapa, pestañeó, se desperezó, se estremeció de vida. Dejarlo al aire después de intentar esconderlo no era solo liberador, sino que además hacía despuntar una sensación desconocida. Recordó a Gertrudis, en *Como agua para chocolate*, saliendo desnuda de la ducha y corriendo al encuentro de un guerrillero, que la alzaba sobre la grupa de su caballo y huía de allí con ella. «El movimiento del caballo se confundía con el de sus cuerpos mientras realizaban su primera copulación a todo galope y con alto grado de dificultad», decía aquel libro de Círculo de Lectores que había encontrado hacía escasos días entre los cojines del sofá. Sin dejar de tocar la rama, su culo liberado y ella también galopaban juntos hacia algún sitio. Cerró los ojos y sintió el hormigueo. Cuando los abrió, un hombre la estaba observando desde el jardincillo de una villa cercana. Su mirada estaba fija justamente en la zona que antes ocultaba el abrigo y que ahora, descubierta, acariciaba el aire. Era alto, llevaba camisa y jersey, barba grisácea. Parecía el tío abuelo de alguien, un señor taciturno y de pocas palabras como tantos otros. Un señor de esos de los que nunca se sabe en qué están pensando. El rostro gris y descarnado mantenía una expresión ambigua. No había nadie a la vista. Aquel señor había interferido en su momento privado con su culo, y ahora caminaba hacia ella, abriendo la valla con un gesto delicado, pero no tierno; cuidadoso, pero no por cuidarla a ella, sino por cuidarse a sí mismo, por cuidar su propósito de tigre que se abalanza sobre un animal herbívoro que está entretenido con otro asunto. Tuvo la certeza de que si hubiese habido alguien a la vista, aquel señor no habría avanzado como avanzaba: la mirada fija, el cuerpo algo inclinado hacia delante, como tomado por una fuerza secreta. Una orden superior parecía guiarlo de la misma forma que un plomo interno la mantenía a ella inexplicablemente clavada en el sitio, con los ojos fijos en él. Cuando quedaban unos diez pasos para que él llegara a su altura, un fuego destructor la bañó por dentro. La experiencia de alcanzar la rama, de disfrutar de la exhibición secreta de su culo, quedó calcinada. Sentía dentro de sí el lamento profundo de la sirena de *Splash*, que se hacía pasar por humana hasta que, por accidente, alguien derramaba agua sobre sus piernas y estas se transformaban en cola de pez. Salió corriendo. Llegó a casa sin resuello, con los ojos brillantes. No habría explicado lo sucedido ni aunque le hubiesen preguntado, porque ¿con qué palabras se explicaba aquello? Dos semanas después, el ayuntamiento decidió que aquel árbol estaba enfermo y dos operarios lo fueron talando por partes, dejándolo reducido a nueve tocones de madera seca. Pero eso ella no lo vio, porque nunca volvió a tomar aquel camino. Su paseo era ahora más largo. Cruzaba las calles comerciales de la ciudad con la trenca amarilla abrochada de arriba abajo y unos pantalones de chándal sobre el maillot y las medias. Llegaba a casa aturdida por el bullicio, las caras y el miedo a su propio culo que había ido acumulando a lo largo del día.

Algunas veces pensaba en exterminarlo. Ya no lo miraba en el espejo. En la ducha lo golpeaba, lo estrujaba, lo frotaba como si el culo fuese suciedad adquirida a lo largo del tiempo que pudiese borrarse con jabón, agua y una manopla de crin. A sus tiernos diez años era consciente de que muchas otras mujeres cargaban con mutaciones similares o peores, y a veces, al cruzarse por la calle con una muchacha de tetas inmensas o al coincidir en el autobús con niñas cuyos muslos se desbordaban en el asiento, sentía el impulso de tomarles las manos, arrodillarse frente a ellas y preguntarles cómo se hacía y a qué se debía, qué dios loco había decidido sus atributos. Cómo había que correr y de quién había que protegerse. Otras veces pensaba que solamente con una mirada sostenida, la comprensión y la comunión entre almas torturadas serían instantáneas, pero la timidez le hacía apartar la mirada antes de tiempo.

Un día, mientras le hacía un bizcocho por haber sacado todo sobresaliente menos un notable en gimnasia, su abuela tropezó con su culo. Lo miró con cierta sorpresa. Pero después, mientras desmoldaba el pastel, le contó que en su juventud tras el baño en el mar, cuando se secaba y dejaba caer la toalla, esta no continuaba su viaje natural hasta el suelo, sino que se quedaba enganchada en el culo. Se rio con nostalgia. Por lo visto, sus amigas aplaudían esta hazaña. Ella sonrió disimulando, como si fuese la primera vez que alguien le hablaba de un culo así, como si no se hubiese dado cuenta de que su abuela contaba aquella historia porque había percibido una réplica de aquel estorbo suyo en su nieta. De aquel bizcocho solo comió una pequeña porción, porque en alguna revista había leído —descubrimiento revelador— que su culo era culpa suya.

Sin embargo, la historia de la abuela jovencita presumiendo de obstáculo prodigioso en una playa de oscuros bañadores de cuello alto le infundió sentido a todo aquel asunto del culo. La cosa tenía cierta gracia: sería una mártir con tradición familiar. Estefanía, de 6.º B, anunciaba los mismos pechos prematuramente desbordados y caídos con los que cargaban su hermana y su madre, y esa mímesis grupal aportaba encanto a la mutación. La cruz llevada por muchas. Ella, entre sus primas y tías, parecía la única heredera del culo inmenso, del «Menudo culo para una niña». Siendo así, se propuso convertirse en una digna portadora del gen recesivo. La chica con pies de cabra, la muchacha con escamas bajo la falda, la niña feral que oculta sus atributos animales o directamente extraterrestres al mundo civilizado —por miedo a la persecución con antorchas, por miedo a los seres malignos que babean de morbo y placer ante la secreta peculiaridad que le aporta su genética—, pero que en la soledad de su alcoba desata los refajos, desvenda su torso y acaricia sus alas, magulladas de estar tanto tiempo plegadas contra el cuerpo. Sabía que estas comparaciones eran infantiles y exageradas, pero su espíritu encontraba cierto consuelo cuando la pesada carga que sentía se apoyaba en el mullido muro del cuento. Así aprendió a estar casi orgullosa, a repasar con los dedos las nuevas estrías —el culo crecía, acaparaba cada vez más miradas; un chico le sonrió en el parque, pero solo después de que ella se hubiese agachado, culo en pompa, a atarse los cordones de los zapatos— bañándolas en una crema que su madre le dejó distraídamente sobre la mesilla. Le gustaba la textura pringosa, y sentir después las bragas pegándose a la piel, la felpa del pijama absorbiendo los aceites. Como una chica tuerta que oculta el no ojo bajo una cortina de pelo, se acostaba e imaginaba el día en el que un verdadero enamorado apartase la cortina de cabello y besase la cuenca vacía. La comunión con su culo, según le dictaban múltiples productos culturales que consumía a la misma velocidad con la que su cuerpo fabricaba nuevas estrías, solo se produciría con un beso de amor verdadero, como la conversión permanente de Ariel en humana. Hasta entonces, pensaba, cuidaría su culo con la misma pasión entregada con la que Cayita, la madre vieja, cuidaba a su hijo Lorenzo las tardes de agosto: resguardándolo en casa, no dejándole salir en las horas de más sol y bullicio. Así le evitaba pústulas, así le evitaba malas palabras, burlas, miradas.

Lorenzo era lo que llamaban un «niño azul»: su corazón estaba del revés y la sangre circulaba también al revés, sucia, por su organismo, dándole a sus manos, pies y rostro una tonalidad violácea. Pero no había ninguna madre que quisiese tanto a su hijo. Una vez vio a Cayita untar queso blanco y paté en el bocadillo de pan de leche de Lorenzo y se le hizo un nudo en la garganta. Esa tarde la pasó encerrada en la habitación fresca del apartamento de la playa, inaugurando un diario que obviaría las cotidianidades y se consagraría, en cambio, a las fantasías del momento en que alguien, al fin, la amase a pesar del culo. Lo acariciaba con las manos empapadas en crema solar y después, dejando el papel lleno de manchas de grasa, escribía: «Quiero tener dos novios, uno rubio y uno moreno, y que los dos estén enamorados de mí. Yo llevaré un vestido largo de terciopelo rojo y el pelo largo como nunca lo he tenido. Delante de ellos levantaré mi vestido y ellos querrán tocarme y besarme».

Pero, por alguna razón que no alcanzaba a comprender, fuera del mundo de la fantasía el culo solo despertaba el interés de un tipo de pretendiente: el señor en las sombras, el hombre que guiñaba un ojo, el anciano que murmuraba secretando más saliva de lo normal. ¿Cuándo llegarían esos novios —uno rubio y otro moreno— para adorarlo? Aunque no conseguía conjugar las palabras para explicarlo en el diario, creía que esos novios futuros, para poder quererla con su culo —y no a pesar de él—, debían provenir de otra cultura, de una isla perdida en la que los cánones señalasen hacia otro lugar. Mientras, esperaba, estoica en las afrentas hacia su culo. Sabía que no había nada más emocionante que una heroína que alcanza la felicidad revuelta en barro y hierbas, con las rodillas sangrando y el vestido hecho jirones, así que detallaba en su diario cada comentario, cada mirada soez, suponiendo que sería bonito repasar esos escritos cuando al fin hubiese llegado el amor verdadero. En el momento del disgusto intentaba ocultar el miedo bajo una máscara de fingida templanza, pero después llegaba a casa y lo vomitaba: «Al volver a casa me acompañó un rato el argentino del cursillo de teatro. Se llama Carlos y tiene como veinte años o más, igual hasta treinta, no sé. Me contó que le habían salido unas rajitas en la polla y que cuando se empalmaba le dolían. Me dijo que si quería verlas. Yo le dije: "Carlos, tienes que saber que solo tengo trece años". Él se disculpó, me dijo que nunca habría pensado que era tan joven, y yo fingí que me hacía gracia. Me dijo que estaba muy formada ya y acercó un poco la mano, pero me alejé rápido y le dije que tenía que estar muy pronto en casa. Dijo un par de veces: "Te acompaño, te acompaño". Seguí caminando muy rápido y creo que no se dio cuenta de que tenía ganas de llorar y estaba enfadada».

Si nos atenemos a su diario, fue exactamente el 12 de mayo de 1997 cuando llegó la chica nueva al grupo de teatro. Quizá porque quedaban pocas páginas en blanco en su diario, la realidad se precipitó. Todo se dislocó de pronto. Las luces eran tan cegadoras, las formas tan nítidas y perfectas que temió quedar fulminada de belleza cuando por la noche escribió lo sucedido durante la tarde.

«La quiero. Es esa chica nerviosa, flaca, sin tetas, siempre con polo, siempre con mirada muy intensa. Es la única que sabe llorar cuando quiere llorar sobre el escenario. Así me la presentaron: "Ella es Julia. Sabe llorar". Me la señalaban ahí arriba, sentada en una silla. Después alguien dijo: "Todos están enamorados de ella". Y yo no lo entendí mucho. Era desgarbada, muy pálida, casi fea. Se le notaban los tendones del cuello de puro nervio. Entonces habló, con la voz rota de un chico. Quiero que me toque. No quiero dos novios. Quiero besarla y que me toque. Ojalá ella también esté pensando esto ahora mismo.»

El 10 de junio, tras la función de fin de curso, Julia depositó en sus labios un beso leve, titubeante, que ardió. «Eres muy pequeña, y además tengo novia. Pero me gustas, me gustas mucho.» Antes de dejarla en su calle, le dijo: «Eres preciosa». Por primera vez en mucho tiempo, movió el culo libremente hasta la puerta de casa, sabiendo que Julia la miraba desde el coche. Lo movió exactamente como una niña disfrutando del balanceo del pelo el primer verano en el que le hacen una cola de caballo. Se sonrieron en la distancia.

El 15 de junio, en el curso de verano de expresión, movimiento y voz, la compañera de piso de Julia le pasó una nota. Julia no hacía el taller porque esos días trabajaba en un *catering* en El Médano. La leyó en el baño, con el corazón desbocado, las piernas temblando enfundadas en unas mallas grises recién estrenadas con las que aún le daba miedo mirarse. Julia la invitaba a su casa el sábado por la tarde. Había una fiesta, pero después podrían quedarse las dos solas. Sintió que todo lo que había bajo las mallas ardía. Desplegó bien la nota y la metió bajo las bragas, ajustándola a una nalga. Las letras estaban en contacto con la piel. Posó las manos en el culo, imaginando que eran las de Julia, sintiendo el tacto de la carne y cómo el papel de la nota, poco a poco, se iba entibiando, poniéndose a la temperatura del cuerpo. En silencio, solo moviendo los labios, dijo: «Mi culo».

En las dos últimas páginas del diario se indica cómo el 16 de junio, finalmente, alguien la tocó. Fue un hombre de unos sesenta años, en la avenida de la Trinidad, mientras ella se alzaba de puntillas intentando ver el cartel de un concierto de Dover. Simplemente metió su mano debajo del vestido verde de punto. Llevaba unas bragas azules de algodón. La mano, introducida desde atrás, inició un recorrido metódico, lento, sin miedo, que se iniciaba en el hueso púbico y terminaba en las nalgas. Todo lo que había en ese camino fue palpado. Justo antes de dar por finalizado el recorrido, el hombre le dio un golpe en el culo, una palmetada que sonó como un chasquido en la carne desnuda, y dijo: «Es que si vas con ese culo, ¿qué quieres?».

Al llegar a casa, pasó una hora sentada en la cama, mirando fijamente el pomo de la puerta del espejo. Corrió hacia el baño y vomitó. Vomitó de una forma nueva. A dos voces. Si alguien hubiese oído desde fuera, podría haber pensado que en aquel baño había dos personas: un hombre mayor bramando enfurecido y una niña que, en respuesta al ataque del hombre, sollozaba. La arcada era el hombre, cuyo rugido se intensificaba en el momento en que el vómito salía por la boca. En los segundos que separaban una arcada y la siguiente aparecía la niña sollozante, lanzando hipidos desconsolados. En esos momentos de tregua su espíritu se calmaba. Se identificaba con la niña sollozante, porque eso es lo que era ella: una niña de trece años que lloraba. Pero ¿y el hombre? ¿Era aquel mismo hombre? ¿Estaba dentro?

Cuando terminó de vomitar, la invadió una prisa repentina por arreglar lo que se había roto. Solo faltaban dos días para el sábado. Estoica, se plantó frente al espejo, levantó la falda, lo agarró con las dos manos. «Mi culo», dijo en voz alta. No sucedió nada. Las tripas borbotearon, como si estuviesen acomodándose a la nueva presencia que debían acoger. Repitió: «Mi culo, mi culo, mi culo». Pero era como si el culo ya no fuese suyo. Desde el otro lado de la casa, sonó la voz de su madre llamándola a comer. Casi se alegró cuando le prohibieron ir a la fiesta del sábado.

El extraño detrás de un arbusto

Carmen G. de la Cueva

Carmen G. de la Cueva (Alcalá del Río, Sevilla, 1986) es escritora y editora. Ha vivido en Alemania, México, República Checa y Reino Unido. Desde 2014 dirige *La tribu*, una comunidad virtual dedicada a la difusión de la literatura feminista. Ha publicado los libros *Mamá, quiero ser feminista* (Lumen, 2016) y *Un paseo por la vida de Simone de Beauvoir* (Lumen, 2018).

Me habéis condenado a callar de por vida
y sin embargo ahora digo todo cuanto me pasa
por la cabeza, doy testimonio […].
Hoy puedo gritar por las calles porque estoy harta.

Letitia Ilea

Cuanto más me concentre en recordar,
probablemente más detalles saldrán,
aunque podrían ser inventados.

Siri Hustvedt

Uno

Si el pasado fuera un lugar, me gustaría poder visitarlo. Llegaría a la noche del 10 de marzo de 2017 como si nunca la hubiera vivido, y trataría de hacer las cosas de otra manera. Mi memoria insiste: quizá no debí enviar aquel último mensaje invitándolo, podría haberlo echado esa misma noche de mi casa o salir corriendo en plena madrugada. Mi memoria tiene los bordes afilados, mi memoria es un cuchillo. Una vez tras otra, una vez tras otra: el peso de su cuerpo, sus gemidos, su insistencia, mi silencio. Muchas veces me pregunto si él se pasará la vida lidiando con esa noche igual que yo lo hago. Si recordará cada momento como un fotograma de una película: el paseo arrastrando la maleta desde Atocha hasta la calle de la Esperanza, los seis tramos de escaleras sin luz para subir a la tercera planta, el silencio de la casa y las voces de la noche, su sorpresa al ver mis libros, libros en estanterías, en montañas que recorrían la pared del suelo hacia el techo, libros por todas partes, pero «casi todos de mujeres». Me pregunto si recordará aquello que le dije de que me gustaba asomarme al balcón de mi cuarto y apoyarme durante horas en la baranda para imaginar los sueños, las vidas, la tristeza de esas luces titilando al otro lado de la calle. Los besos torpes, terribles, de un hombre de veintinueve años que parecía besar por primera vez. Muchas noches, antes de acostarme, repaso de un modo obsesivo todas las señales de advertencia que podrían haberme salvado: el cielo inmenso y estrellado; más que cielo, un rectángulo oscuro con bordes de hormigón que parecía una trampa. Mi absurda manera de hacerme la interesante fingiendo ser más oscura, más distante. Mi nerviosismo ante la idea de quedarme desnuda y no gustarle. Si no podía ser yo misma, algo no iba bien. Quería dejarme llevar, pero mi mente chocaba contra mis gruesos muslos y rebotaba hasta mi pubis sin depilar. Iba de mis pechos caídos hasta las estrías de mi abdomen, saltaba sin parar como una pulga de un lugar a otro de mi fallido cuerpo que haría que él saliera corriendo en cuanto me quitara la ropa. Me sentía como un personaje de una novela de Siri Hustvedt. Al fin y al cabo, casi ni nos conocíamos, él no podía saber quién era yo, él no podía verme, pero yo interpretaba mi papel de joven de provincias con aspiraciones que había llegado a la ciudad para convertirse en artista. Qué pensamiento más desolado y atormentado tuve entonces: era una impostora. Durante aquellos nueve meses que pasé en Madrid había intentado parecer más atrevida, más salvaje, más libre de lo que era. Y había acabado destrozada. Me he sentado muchas veces a intentar contar lo que ocurrió aquella noche de marzo y he fracasado sin remedio. Quiero viajar a mi dolor, contarlo tal como pasó, pero el dolor se ha transformado en otra cosa y la memoria es casi una ficción. Estaba furiosa conmigo misma por todo lo que pasó y por cómo había dejado que me afectara, pero supongo que en ese momento no podía hacer otra cosa que dejar pasar el tiempo.

Dos

Nos conocimos en la presentación de mi primer libro en Cartagena. Una amiga común nos presentó en la firma posterior, y nos fuimos los tres a tomar algo. Era una noche cálida de mediados de noviembre y recuerdo perfectamente lo insegura que me sentía porque se me había olvidado meter el cepillo del pelo en la bolsa de aseo. Así que, después de ducharme en el hotel, tuve que desenredarme la melena con los dedos; además, tenía las raíces sin teñir. De modo que llegué a la presentación con las canas asomando salvajes y unas ondas eléctricas con los pelillos más nuevos fuera de sí, como queriendo alcanzar las alturas. Puede parecer un detalle sin importancia, quizá algo frívolo, pero cuando vas a presentar un libro por primera vez, un libro autobiográfico en el que, de alguna manera, te has desnudado, necesitas tener el pelo limpio, peinado, casi brillante... Aunque el feminismo me haya dado herramientas para sentir que valgo por mis ideas y no por mi físico, sentirme limpia y llevar un vestido bonito siempre me ha dado la confianza necesaria para hablar en público. Aquella tarde tenía que alzar mi voz ante un auditorio lleno de desconocidos. Era la primera presentación, y la primera vez nunca se olvida. Lo vi de lejos mientras firmaba libros y ya me llamó la atención. Los hombres no suelen acudir a los eventos feministas, y mucho menos a las presentaciones de libros feministas, por eso me fijé en él. En su momento pensé que no encajaba del todo. Chaqueta de cuero y vaqueros gastados, casco de moto bajo el brazo y manos finas. Desde donde estaba podía ver su cuello, grueso, y con una nuez prominente. Debo confesar que me sentí atraída por él de inmediato y que hice todo lo posible por gustarle. Me imaginé mis manos en su cuello, mis manos acariciando la protuberancia de su cuello. Lo imaginé desnudo. Después de cenar algo en una terraza y de tomarnos un cóctel en un bar que, curiosamente, se llamaba Malasaña, me acompañó a la puerta del hotel y nos besamos. No sé muy bien cómo, nos habían dado casi las cuatro de la madrugada; yo debía salir para Alicante a las seis porque tenía que coger el tren de vuelta a Madrid, y él se ofreció a llevarme en su moto. Cuando entré en la habitación del hotel, lo primero que hice fue mirarme en el espejo. Y me vi horrible: me sentía sucia y algo borracha, y la melena alborotada me hacía parecer una desquiciada. O quizá fuera esa la imagen de la excitación. El reflejo me devolvió la imagen de una mujer avergonzada de su propio deseo. Me habría gustado invitarlo a subir, pero no lo hice. A cambio, pasé esas dos horas que separaban la madrugada del amanecer espiando obsesivamente sus perfiles en redes, intentando averiguar quién era. A las seis en punto, después de darme una ducha y volver a desenredarme pelo con los dedos, bajé con la maleta y esperé en recepción a que apareciera. Tenía muchas dudas, pensaba que no acudiría y no dejaba de dar vueltas a cómo íbamos a ir en moto de Cartagena a Alicante con una maleta. Pero llegó; me subí en la moto y llevé como pude la maleta bajo un brazo mientras me agarraba a su cintura con el otro. Qué imagen más ridícula debíamos de dar. Lo que mejor recuerdo de aquel amanecer es el aire helado que golpeaba mi cuerpo y la visión del Mediterráneo en el margen derecho de la carretera. Fue un viaje bastante imprudente, y mi mente maquinaba una y mil historias que contar a la Guardia Civil si nos topábamos con ella. Una vez en la estación, tomamos un café rápido, nos dimos cuatro besos en el control de pasajeros y nos prometimos volver a vernos en Madrid. Todo ese deseo acumulado durante aquellas horas que pasé con él, todo ese deseo frustrado durante el tiempo que pasamos escribiéndonos mensajes, fantaseando con la idea de vernos, de tocarnos, formó una capa de sedimento en mi cuerpo que arrastré meses hasta aquel 10 de marzo del año siguiente. Más que nunca en mi vida, aquellos meses una parte de mí vivió en la expectativa de un encuentro físico con él. Nos escribíamos casi a diario, pero nunca llegamos a hablar por teléfono. Nunca llegué a retener el sonido de su voz, porque lo que ahora recuerdo es lo que imaginaba que sería su voz mezclado con la idea de la voz ronca de una mañana resacosa y fría. Justo después de conocernos, él viajó a Estambul, y me enviaba fotos hechas en distintos lugares de la ciudad como si necesitara contármelo todo —fotos posando en mezquitas, fotos acariciando gatos callejeros, fotos haciendo el tonto con su hermana, fotos que anticipaban una intimidad que aún no teníamos— y, de repente, dejaba de escribir durante días, y yo dedicaba horas y horas a gestionar de alguna manera el deseo y el temor que me provocaban sus fantasmales desapariciones. Pasaban los meses; yo iba de ciudad en ciudad presentando mi libro y se lo contaba por WhatsApp. Era fácil mantener aquella relación. Era fácil, sobre todo, porque no era profunda, sino intermitente y fragmentaria: solo podía conocer de mí lo que yo le contaba, y nunca le contaba la verdad, o solo le contaba una verdad incompleta. Él no era más que un desconocido para mí, un desconocido con el que había compartido un temerario trayecto en moto y un par de besos, pero yo me empeñaba en convertirlo en algo más. Vivía justo en la expectativa. Y él la sostenía entre sus manos. A veces me sentía como un animal pequeño al que estuvieran alimentando poco a poco con una jeringuilla, dándole cada vez una ración más grande a medida que podía deglutir solo. A veces creía que íbamos a vernos, porque los mensajes eran interminables y se sucedían en cascada, pero entonces se paraban en seco. Y justo cuando había conseguido olvidarme de él y seguir con mi vida en Madrid, recibía otro mensaje suyo, un mensaje sin importancia pero que precipitaba mi hambre de nuevo. Hace algunos días vi la imagen de un bosque nevado que me hizo pensar en cómo el deseo deja su rastro en el cuerpo. A finales de otoño, las aguas del río inundaron un bosque y días después cayeron las primeras nieves que lo helaron todo. Mientras el invierno pasaba y las aguas empezaban a derretirse, una fina capa de hielo que estaba justo en el borde de las aguas se quedó prendida en los troncos de los árboles, como suspendida en el vacío. Las raíces del hielo habían atravesado la corteza, y ahora esa fina capa de hielo estaba ahí, como flotando, aunque ya no hubiera agua que la sostuviera. El deseo se parece a esa delgada capa de hielo aferrada a un árbol.

Tres

Decidimos encontrarnos en el estanque de las tortugas de Atocha. Él viajaba desde Alicante, y yo desde Sevilla. Llegué apenas diez minutos antes que él y lo esperé inquieta, nerviosa, paralizada de espaldas a las tortugas. Las miré tan solo un momento y luego me di la vuelta enseguida para recibirlo de frente. No quería llevarme ninguna sorpresa, quería que me viera sonriente, quieta, estática casi, como una fotografía de una mujer hermosa detenida en el tiempo. Apareció, nos besamos en los labios con urgencia, como si ese primer beso fuera un mero trámite que había que cumplir para poder dar el siguiente paso, y emprendimos el camino hacia mi piso. Apenas fueron veinte minutos de paseo en los que me faltaba el aliento porque arrastraba una pesada maleta después de haber pasado dos semanas en Sevilla. Y supongo que, por parecer más atractiva, más alta, más delgada, me había puesto unas botas de plataforma absurdamente altas con las que di un par de traspiés que casi me llevaron al suelo. Ni siquiera recuerdo de qué hablamos. Nos habíamos conocido cinco meses antes y habíamos compartido apenas unas horas, pero después de tantos mensajes parecía que nos conocíamos de verdad. Mi nerviosismo era casi extravagante: me temblaban las manos, me atusaba el pelo con la mano que tenía libre, miraba una y otra vez mi rostro en los reflejos de los escaparates, en las lunas de los coches y en los espejos de mi piso. Y eso fue exactamente lo primero que hice cuando llegamos: lo dejé solo en el salón y fui a mirarme en el espejo del baño. Ese fin de semana ninguna de mis compañeras de piso estaba en casa, quizá por eso lo invité. Pensé que podíamos estar solos, compartir la intimidad como dos extraños en un piso vacío. Todo iba bien, aunque el cielo pareciera una trampa y yo no pudiera ser yo misma —o quizá sí lo era, solo que una versión de mí misma que intentaba impresionarlo, una versión que ahora no alcanzo a reconocer—. Era una noche hermosa de marzo, cálida y estrellada; cenamos una pizza en un napolitano un par de calles más arriba y tomamos un mojito en la Playa de Lavapiés. Era como una cita, una buena cita con pizza, un poco de alcohol y ese flirteo que precede al sexo. En algunos momentos era como si pudiera salir de mi cuerpo y verlo todo desde arriba. Estaba allí y parecía contenta, parecía divertirme, pero una parte de mí no quería volver a mi piso porque eso significaba acostarse con él. Y aunque el deseo seguía prendido a mi cuerpo como esas capas finísimas de hielo, él besaba fatal, yo apenas lo conocía y aquella cita no acababa de gustarme porque meterlo en mi cama parecía una obligación. Era tan amable…, tan persuasivo…, había cogido un tren para ir a verme… ¿Qué podía hacer yo? Mientras me bebía el mojito lentamente, como si fuera un vaso de leche hirviendo con una capa de nata en la superficie, pensaba: «¿Adónde va a ir si no quiero pasar la noche con él?».

A pesar de todas las dudas, de las ganas de salir corriendo, subimos a mi piso, dejé que me besara en el balcón, dejé que me rodeara la cintura con los brazos y luego lo aparté, pero con una sonrisa. Supongo —todo son suposiciones porque nunca volvimos a hablar de esto— que él interpretó aquel pequeño empujón como una invitación a sentarse en la cama, y ahí empecé a perder el control de la situación. Fue justo en ese instante cuando dejé de preocuparme por lo que yo deseaba y empecé a preocuparme por complacerlo. Él, desde mi cama, me devolvía la sonrisa, se apoyaba sobre una mano y daba pequeños golpecitos con la otra, como pidiéndome que me acercara. No decía nada, solo sonreía y acariciaba mi edredón. Ridículamente, pensé que debía volver a tomar el control como fuera, así que me descalcé y lancé las botas bien lejos, donde no pudiera verlas, me arrodillé en el suelo justo a sus pies y le hice una felación. Lo hice fuera de mí, mirándome desde arriba. Mi boca y mis manos sujetaban su pene, pero mi mente estaba lejos, en el punto más elevado y lejano del techo, en una esquina. Estaba disociada de mi cuerpo. Cuando terminó, gimió de gozo y se tumbó, con los pies tocando el suelo todavía y las perneras del pantalón por debajo de las rodillas. Desde arriba se veía ridículo, casi como un monigote al que le hubieran arrancado la vida. Cuando consiguió recuperarse, se desnudó y se metió bajo las sábanas para dormir, argumentando que estaba muy cansado del viaje. No eran ni las doce de la noche. Cuando volví a mi cuerpo, me quedé allí un momento, de rodillas, sin saber qué hacer, sin saber qué decir, así que me quité el vestido de espaldas a él, me puse una camiseta y me metí en la cama. Se había acabado, pensé. Reconozco que una parte de mí sentía cierta frustración porque él no había pensado en mi deseo en ningún momento. No había intentado tocarme después de correrse, ni siquiera me había besado. Lo agradecí, agradecí no tener que rechazarle o, peor aún, besarle por compromiso, pero su falta de empatía me pareció egoísta, desconsiderada. Se durmió enseguida, lo supe porque empezó a roncar como una bestia. Allí estaba yo, en la habitación que me había dado la libertad en la gran ciudad, con un extraño desnudo en mi cama. Me reí en silencio y me prometí acabar con aquello a la mañana siguiente, aunque tuviera que irse a un hostal. Y finalmente me dormí. O supongo que me dormí, porque en mitad de la noche, ya casi de madrugada, me despertó el peso de su cuerpo sobre el mío, su forcejeo con mis piernas casi inertes. Eso es lo poco que recuerdo: un cuerpo pesado, un aliento caliente en mi cara, unas manos torpes que me abrían las piernas, sus embestidas, sus jadeos primitivos y mi parálisis. Fueron segundos, minutos, no lo sé. De repente, se paró en seco, salió corriendo al baño y volvió a los diez minutos para acostarse a mi lado sin mediar palabra. Yo seguía allí, boca arriba, desnuda de cintura para abajo, quieta, muy quieta. Y así estuve durante horas, hasta que se despertó a la mañana siguiente actuando como si no hubiera pasado nada. Yo estaba aterrorizada, confundida, y no dije nada. Como estábamos en mi cama, como estaba semidesnuda a su lado, como era de noche, lo que hizo —aquello que no puedo nombrar— no fue tal cosa. Como la mayoría de las veces, imagino que, después, ninguno de ellos se identifica con la palabra que no puedo nombrar. El sábado 11 de marzo de 2017 fue un día con un sol maravilloso, el cielo ya no era una trampa, sino una enorme extensión de agua, un mar azul sin horizonte. Salimos a pasear por los jardines de Sabatini y pasamos el día juntos. A mí, como Virginie Despentes describe en *Teoría King Kong*, me impresionó la belleza de la ciudad aquella mañana, como si toda la violencia estuviera ya contenida de algún modo en la ciudad y no perturbara su tranquilidad.

Coda

Hasta ahora he evitado contar mi historia porque me siento avergonzada, culpable. La vergüenza es algo pegajoso que se te queda mucho tiempo en el cuerpo, una sensación de asco. Puede que tardes meses, años, en volver a sentirte libre de esa sensación, limpia. O puede que la pringue se quede para siempre en tu piel y en tu memoria. Virginie Despentes usa el término «contaminada» porque es algo que puedes pillar y de lo que después no puedes deshacerte. En estos dos años he intentado limpiarme el cuerpo con decenas de páginas de libros que hablan sobre el tema. Quería buscar en el lenguaje la manera de enjugar mi dolor. También quise compartir mi vergüenza porque pensaba que si contaba lo que me había sucedido, podía hacer más leve su peso, pero la persona a la que se lo conté le quitó importancia, me dijo que siguiera con mi vida. Ni siquiera supo ponerle nombre, porque, ¿acaso se puede nombrar lo que pasó? ¿Es violencia sexual si no hay coacción? ¿Qué es el consentimiento? ¿Podría haber hecho algo para evitarlo? Toda la vergüenza es mía. Algunas de las mujeres que han escrito sobre ello —Virginie Despentes, Mithu M. Sanyal, Siri Hustvedt— coinciden en la idea de que cuando una mujer quiere hablar de su violación, lo llamará de cualquier otra manera: «una agresión», «un lío», «una mierda», «un error», «una noche de borrachera que se fue de las manos»... Justo en mi primer libro hablé de la violación de una de mis mejores amigas durante un Erasmus, pero, entonces, a nuestros veinte años, ninguna pudimos pronunciar esa palabra. Ni siquiera supimos en aquel momento qué fue lo que pasó realmente, no fuimos capaces de entenderlo. Hay una ausencia de lenguaje para nombrar la violencia, buscamos un lenguaje que no dé miedo, que no haga que la vergüenza llegue al tuétano. Siempre pensé que, a mis treinta y tres años, sabría decir exactamente lo que quería decir. Pensé que habría roto todos mis silencios. Pero ¿cómo hablar? ¿Cómo escribir algo que, socialmente, puede llegar a marcarte como víctima y como puta para siempre? Sanyal describe el momento de contarlo todo como «romper una presa». Supongo que algo así me ha pasado a mí: las paredes de esa presa llevaban dos años agrietándose, y el peso de aquella noche —el peso de mi silencio— ha hecho estallar los muros. El lenguaje lo ha inundado todo. La escritura, dice Hustvedt, puede ser un duelo, una enfermedad, un exorcismo, y también una venganza. Despentes habla de la herida de una guerra que se libra en silencio y en la oscuridad, de algo obsesivo a lo que se vuelve todo el tiempo, algo que te desfigura y constituye. Hace algunos días, como si fuera una señal, encontré en la casa de mis padres, entre unos diarios viejos, mi ejemplar de *Ante el dolor de los demás*, de Susan Sontag, y mientras lo hojeaba despreocupadamente, leí lo siguiente: «No podemos imaginar lo espantosa, lo aterradora que es la guerra, ni cómo se convierte en normalidad. No podemos entenderlo, no podemos imaginarlo». Esas líneas me llevaron a la referencia de Despentes a la guerra y, de nuevo, al libro de Sontag. De alguna manera, la violencia sexual y la guerra tienen un lenguaje común que interpela a los otros, a los privilegiados, para buscar su mirada: la violencia cosifica a quien está sujeto a ella. Dice Sontag que las fotografías de una atrocidad pueden producir reacciones opuestas: «Un llamado a la paz. Un grito de venganza. O simplemente la confundida conciencia de que suceden cosas terribles». ¿Y qué reacción puede llegar a producir la escritura? Cuando se rompe la presa, nadie está a salvo. Aquellos días de marzo de 2017 pensé en recurrir a la violencia, quise empujarlo, patearlo, arrojarlo desde el Viaducto de Segovia. Muchas noches me pregunto por qué no lo hice, por qué pasé todo el fin de semana con él como si lo que hubiera hecho fuera lo normal, como si esa violencia no me hubiera roto. La vergüenza no puede ser «nuestra».

Colores verdaderos

Silvia Nanclares

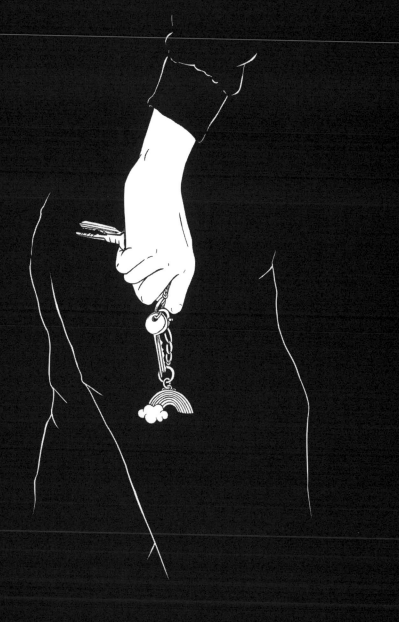

Silvia Nanclares (Madrid, 1975) es licenciada en Dramaturgia por la Real Escuela de Arte Dramático. Desde el ámbito de la escritura desarrolla proyectos teatrales, audiovisuales, literarios y de formación artística. Ha publicado una novela, *Quién quiere ser madre* (Alfaguara), los álbumes infantiles *La siesta* y *Al final* (Kókinos), y el volumen de narrativa breve *El Sur, instrucciones de uso* (Bucólicas). Es columnista en *eldiario.es* y colaboradora habitual del programa de radio *Carne Cruda*.

A Marta

Los trenes solo pasan / cuando no se los espera, y nos sorprenden: / hay que agarrarse a los trenes con las uñas / cuando pasan por delante, / aunque te den la espalda, / hay que montarse en marcha / porque los trenes no paran, / eres tú el que estás parado / con la maleta cerrada.

LEOPOLDO ALAS

Mantener la mirada fija; observar los relatos terroríficos de frente. Que sea el relato el que se paralice, y no las mujeres.

NEREA BARJOLA

Todo ha empezado esta tarde —y cuando digo todo, digo las ganas de escribirte y de activar la memoria y permitir el torrente de imágenes, emociones y signos— con el hallazgo de un ejemplar de *El bolso amarillo*, de Lygia Bojunga Nunes (Colección Austral Juvenil, n.º 13, 1993). ¿No te has preguntado nunca por qué comprábamos libros infantiles a los veinte años? Apareció en una librería minúscula de la calle Elisabets, a la derecha de Las Ramblas, cuando en ese barrio aún se podía deambular completamente a oscuras. Era una Barcelona antes de la idea de Barcelona, una Barcelona sin bolsas de tela y sin pisos turísticos. Era la primera mitad de los noventa. Y tú y yo estábamos allí. Y era durante el puente de diciembre, por lo que anochecía pronto, así que paseábamos efectivamente a oscuras. Nos gustaba el teatro, nos gustaban los conciertos, nos obsesionaban el cine y los libros. La librería probablemente ya no exista, o al menos no he encontrado rastro alguno online. Pero esa noche —la noche en que tuvimos que activar nuestro protocolo privado de seguridad autodenominado «Colores verdaderos», y en la que experimentamos su efectividad— existe fielmente en mi memoria, lo que certifica que nuestra cabeza es mejor que internet.

Me dedicaste el librito como si me lo hubieras regalado en mi undécimo cumpleaños. En la dedicatoria me deseabas, con tu letra redonda, una vida llena de incertidumbres. En ese momento, lo recuerdo, hacía un año y dos meses que nos conocíamos y ya compartíamos toda una historia, y de algún modo aquel primer viaje juntas (y en tren, y a otra ciudad) era un modo de celebrarlo. Así opera el rayo de la amistad: te parte en dos y nunca vuelves a ser la misma. Ya de noche, en la calle Tallers, donde no lo sabíamos pero a pocos metros debía de estar tecleando Roberto Bolaño, nos comimos un biquini en un frankfurt —qué gracia nos hacía esa nomenclatura—. Teníamos entradas para ver a Los Violadores del Verso en la Razzmatazz, y cogimos el metro en Jaume I. Sí, tengo casi todos los movimientos de la noche grabados a fuego en la memoria. Recuerdo cómo volvimos al centro caminando por avenidas desiertas que no conocíamos. Había llovido a cántaros. Acostumbradas como estábamos a la noche bulliciosa de Madrid, nos dejó perplejas transitar el silencio, y lo hacíamos con el regusto de estar bordeando lo que no debíamos, de estar cruzando cierto tipo de frontera. Ya en las calles de vuelta al centro, donde el hervidero de la plaza del tripi (aún no tenía nombre, y menos el de George Orwell) nos devolvió un poco a nosotras mismas, nos bajó el nivel de máxima atención. Pero, al bajar la guardia, la prueba más dura estaba por venir y se presentaría, como siempre, en un momento de relajación. Así nos lo habían enseñado todas las advertencias. Fue a la salida del último garito abierto cuando nos encontramos en esa compañía inexplicable. ¿Qué hacía ese tío tan mayor, y tan guapo, pegado a dos niñatas con acento de Madrid? Se llamaba David. Él dijo «Dabit» y nosotras «Daviz». Era alto, su cara estaba cortada con mucho carácter, y su cuerpo nos guio atolondradas, hipnotizadas, por las callejuelas del Born hasta llegar a su casa, en la calle Assaonadors. Aún lo recuerdo: de nuevo oscuridad total y charcos hediondos; el edificio era tan antiguo que hasta tenía una argolla junto a la puerta para atar el caballo, al menos así nos lo explicó él; y nos reímos, porque sí, algo de *cowboy* tenía. Seguimos mirándole el culo mientras subíamos las empinadas escaleras de madera mohosa, intrincadas, cuando de refilón miré el reloj, eran cerca de las seis. Aún estaba bien, pensé; nos miramos, nos sonreímos los tres, no sabíamos hacia dónde nos dirigíamos exactamente, pero nos gustaba. La guardia estaba entonces en el punto mínimo de la noche; las chicas siempre tienen un nivelador en las noches para la guardia, todo enfocado para exprimir las habilidades que se requieren cuando se está entrando en la casa del espíritu navideño del verano, como ya habíamos dado en calificar a David de camino al baño —las drogas también ayudan con esto de la creatividad—, juntas, cuando ya habíamos decidido que sí o sí pasaríamos el resto de la noche con él, de tan buen rollo como nos daba aquel ser.

El ejemplar de *El bolso amarillo* llevaba más de veinte años metido en una caja en el trastero de la casa de mi madre. Tú, tu letra, nuestra amistad y el libro.

Junto a él («Cuando menos te lo esperas, sucede lo inesperado», ¿te acuerdas?) encontré también un hatillo de cartas (qué cosa más anacrónica) atadas con un cordel de rafia. Son todas las cartas de tus vacaciones en Estocolmo. No sé en qué momento las archivé, ya sabes que me dan ataques de orden, erráticos, que nunca tienen continuidad ni método pero que producen resultados efectivos, como el hecho de tener ahora agrupadas en esta caja de metal todas tus cartas. Con tu caligrafía hilada y perfectamente legible, tan adorable como tu risa.

El día que nos conocimos, otoño del 93, sobre mí pesaba una profecía que yo misma me había impuesto y que hoy me resulta otro coletazo de infantilismo feroz: si no era capaz de conocer a alguien el primer día de facultad, no conocería a nadie en toda la carrera. Inquietas, pues ya había entrado la noche, nos habíamos reconocido furtivamente en la parada del F, que hacía el trayecto del edificio B (historia) a la glorieta de Cuatro Caminos, con esa ansia de buscar una cara conocida en un desierto de referentes y un bosque de miedos con el que convivíamos telúricamente solo por ser chicas, por tener dieciocho años, por estar por primera vez solas en un paisaje desconocido más allá de nuestros respectivos barrios e institutos, empezando una nueva vida. Luego supe que tú no eras de ningún barrio, que eras del centro. De la zona alta, de un barrio, sí, al fin y al cabo era un barrio, aunque distante de mi vivencia y de mi idea de barrio. El tuyo estaba, para empezar, atestado de calles con nombres de gerifaltes franquistas. Nos miramos y nos reconocimos.

En otra de tus cartas, de las navidades posteriores a nuestra noche fundacional, he encontrado una mención irónica a la discoteca Coolor. ¿Te acuerdas? Yo siempre usaba esa coletilla apelando a tu memoria, porque, aunque nunca recuperaríamos juntas ni la infancia ni la adolescencia perdidas, y a pesar de que procedíamos de zonas tan distintas de la ciudad, habíamos habitado un mundo reconocible lleno de detalles compartidos. Muchos de esos recuerdos, además, eran televisivos. Yo te había contado, por ejemplo, que el día que encontraron los cuerpos de las niñas de Alcàsser fue el día de mi decimoctavo cumpleaños. Y que en mi casa pasamos toda la merienda y parte de la cena, incluso el ritual soplido de velas, con la tele puesta más o menos en sordina. Que mi madre, sin embargo, no se había dejado llevar por la película de terror compuesta por los medios y no me había negado el regalo más codiciado de mi mayoría de edad: dejar de tener hora para volver a casa. Así lo había hecho con mis dos hermanos mayores y así lo haría conmigo, pese al paisaje de psicosis generalizada. ¿Sabes?, hace poco, coincidiendo con el asesinato de otra chica en La Coruña —supongo que seguiste el caso porque no se habló de otra cosa durante días—, me ha confesado que pasó un miedo terrible, pero que aun así no se permitió hacerme lo que le habían hecho a ella en su juventud, es decir, disciplinarla de manera diferente, con otros horarios, otras normas, solo por ser mujer. Por tanto, todo ese año, justo antes del mes de octubre, de conocernos en la parada del F, yo había estado estrenando el ejercicio de mi libertad mientras en los también recién estrenados programas de telebasura se diseccionaban los cuerpos de Toñi, Desirée y Miriam, ¿te acuerdas?, en una suerte de epílogo televisado de su tortura. Casi como si fuera un castigo.

Discoteca Coolor. Te hacía gracia lo que tú llamabas mi memoria de fondo de armario: intrascendente pero muy eficaz para invocar reminiscencias. No sé por qué nos hacía tanta gracia. Era un dato macabro. Ir en autostop a la discoteca Coolor. El juego de palabras que proponía el nombre de la discoteca nos provocaba una risa nerviosa, como de funeral; nos ayudaba tal vez a ahuyentar el miedo que nos producía (y apuesto a que aún nos produce) el retrato robot y posterior foto de fotomatón de Anglés, el asesino huido. Imaginábamos que había sobrevivido y había llegado sano y salvo a las costas irlandesas y ahí, quién sabe, podría haberse hecho la cirugía estética, haber emprendido un camino de retorno a España para buscarnos y continuar con su plan. Si no íbamos nunca en autostop ni a una discoteca de pueblo con nombre absurdo, no nos pasaría nada, como si el pensamiento mágico y nuestro origen urbanita pudieran protegernos del bosque oscuro de los cuentos —repoblado de golpe de bestias— que había sido el pórtico de nuestra juventud. ¿Acaso no habíamos pasado los años finales de nuestra adolescencia obsesionadas con el cuerpo envuelto en tela térmica de Laura Palmer? Si nos reíamos del nombre de la discoteca, alejaríamos con las risas de una noche de ouija el temor a todas las agresiones del mundo de las fotocopias de Anglés que se alojaban debajo de la cama de todas las chicas de nuestra generación.

Te conté cómo ese mismo verano —el de mis (nuestros) dieciocho, el del año en que nos conoceríamos al cabo de unos meses— había estado en París con dos chicas de mi clase, justo después de que salieran las notas de la selectividad. Nos fuimos en tren hasta París. La madre de Edurne, una de las chicas, se empeñó sin embargo en acompañarnos hasta la estación, y desde el mismo andén nos pidió que no nos drogáramos y que no nos montásemos en coches con desconocidos. Es decir, que no hiciéramos autostop para ir a discotecas en las afueras. Éramos tres chicas de aproximadamente la misma edad que tendrían las niñas torturadas, cuya vida, muerte y cuerpos habían sido públicamente diseccionados en la primavera posterior al terrible hallazgo de los cadáveres. El circo aún ardía en los medios desde el día de mi cumpleaños. En menos de veinticuatro horas hicimos todo lo que la madre de Edurne nos había prohibido. Era el 3 de julio, y en el cementerio Père Lachaise nos unimos a una procesión de personas que, como nosotras, tomaron LSD a los pies de la tumba de Jim Morrison para acabar montadas en el coche de un extraño camino del Bois de Boulogne, donde la fiesta continuó una vez que se hizo de día. «No hay nada más peligroso en el mundo que tres chicas solas», pensaría la madre de Edurne. Pero siempre nos mantuvimos juntas, ninguna se dispersó; «Tres son multitud», replicábamos con nuestra actitud a mil kilómetros de distancia. El discurso había calado con fuerza: el peligro lo provocábamos nosotras con nuestras imprudencias, los propios padres con su permisividad, los monstruos agazapados con sus abyecciones excepcionales. Como si todo aquello no respondiera a un orden social que nos había inculcado que el arte de coquetear con la fatalidad de nuestros cuerpos de niñas venidas a más podía ser el detonante responsable y fatal de una dominación atávica.

Para el puente de la Constitución de 1994, justo un año después de conocernos y casi como en una ceremonia de celebración, organizamos el viaje a Barcelona. ¿Te acuerdas de mis tíos? Vivían en la ronda del Guinardó. Mi tía Valentina nos recibió de mil amores en su modesta casa. Era alta y desgarbada, pero sobre todo igual de alegre y candorosa que el personaje de Los Fraguel, Rosi, como la apodamos: «Sola, ¡sola tú! ¡Solita tú!», le cantábamos a modo de despedida mientras bajábamos las escaleras de su bloque sin ascensor al encuentro de Las Ramblas, que ofrecían todas las transgresiones imaginables a nuestra edad. Rosi también murió, por cierto, hace unos cuantos años, he de decirte. Una pena.

El piso de David nos fascinó. Una buhardilla amplia y diáfana en la que había que agacharse en algunos tramos, para evitar las vigas de madera. Recuerdo el tintineo de la cortina de cuentas, de estilo pueblerino, que aislaba la cocina del resto de la casa. Me inquietó aquella estancia separada. Allí lo oímos cacharrear. Por cierto, se entretuvo más de lo lógico. Mientras, estuvimos cotilleando —todavía con el abrigo puesto, la humedad nos calaba— su arsenal de discos y libros, que nos pareció infinito, definitivo para rendirnos a sus pies. El hechizo se había obrado y caía de su lado. Había puesto el disco de *Bitches Brew* después de mostrarnos su turbadora carátula, una señal que nos convocaba a seguir allí, por derecho. Lo primero que vimos salir de la cocina fue la punta de un cuchillo.

Ese año, además de poesía, habíamos leído mucho el *Mondo Brutto* y nos habíamos manifestado en contra de Corcuera y su ley de patada en la puerta. Escuchábamos a Juan de Pablos todas las noches en su *Flor de Pasión*, y nuestras conversaciones telefónicas diarias (de fijo a fijo, el cable retorcido hasta el cuarto de baño cuando el inalámbrico estaba pillado en mi casa, siempre tan llena, frente a la tuya, siempre tan vacía) se convirtieron en rituales justo después del programa. Nuestras mañanas transcurrían con el tempo de los vídeos antiguos de la MTV que nos gustaba diseccionar, rebobinando y adelantando, para encontrar los pasos más hilarantes de las coreografías. Nos grabábamos cintas de VHS y audio donde montábamos nuestros verdaderos cachitos de hierro y cromo, como esa cinta de sesenta en la que me grabaste la banda sonora de *Tres colores: Azul*, de Kieslowski, que es la que he elegido ahora para escribir y sumergirme en el punto en el que se paró el tiempo de nuestra inocente amistad.

Así nos alimentábamos de nuestro mejunje de referentes, no exento de pose, saturado y deglutido vorazmente, que es de lo que se trata a esa edad. Lo que no recuerdo tan bien es cómo recalamos en la asamblea feminista de la Complutense, porque todo lo que sonara a feminismo —asociado irremediablemente a la henna y a las boinas violetas— nos horrorizaba. Nosotras, que leíamos a Rimbaud y a Verlaine y que no queríamos ser otra cosa que ellos, o, en todo caso, la Nina Simone africanista de la colección de vinilos de tu padre. Las reuniones de la asamblea se hacían en el local de Información y Libertad, en la Facultad de Ciencias de la Información, hoy Comunicación Audiovisual, donde al mismo tiempo Amenábar rodaba, tal vez mientras celebrábamos algunos de nuestros aquelarres, la famosa escena de «Me llamo Ángela. Me van a matar». Desdeñábamos la estética y los modos activistas, el esnobismo nos hacía sentir que en nuestro mundo había más matices, más oscuridad, menos gazmoñería, aunque finalmente los contenidos, mucho más que las maneras de las asambleas, que se nos hacían eternas, nos acababan convenciendo, al menos para volver a la siguiente y llegar a implicarnos en la preparación de ciertas acciones.

Bueno, y Diana. Una chavala magnética que estudiaba Física pero que conocía todos los libros de teoría feminista que tú y yo nunca habíamos leído, y de la que nos enamoramos a la vez. Diana era popular, era gorda y era bella. Después de cada asamblea podíamos pasar horas hablando de ella, intentando destilar el secreto de su misterio. Si era feminista pero tenía un grupo de punk, aquello podía llegar a molar. La apodamos Cyndi Lauper porque llevaba en el pelo un penacho de colores y la cara pálida a base de polvos, como Lauper en el vídeo de *True Colors*. Recuerdo una sesión de cartelería para una fiesta en apoyo a la okupación callejera de Claremont Road. La cosa acabó en una ronda de testimonios sobre experiencias callejeras jodidas que habíamos vivido TODAS desde la infancia, y sobre todo desde la adolescencia. Por entonces, la lucha del movimiento feminista se centraba en la visibilidad lésbica y en la toma de las calles contra las agresiones sexuales. El sintagma «violencia de género» aún no había sido pronunciado, aunque ya se estaba gestando, imparable, bajo la tela asfáltica de ciudades y pueblos.

Diana, o Cyndi, nuestra gurú, se negó a dar ningún testimonio concreto: «No sabría ni por dónde empezar», frase que nos sirvió para fantasear en nuestra disección posterior durante horas. «Solo sé que nunca vuelvo a casa sin las llaves así.» Y mostraba su puño, un puño rotundo, broncíneo, con los cantos de las llaves contrapeados a los nudillos. «Ah, y no pienso dejar de hacer dedo.» Nos contó que tenía una contraseña de seguridad con dos amigas con las que había recorrido parte de Portugal el verano anterior haciendo autostop. «Solo necesitas una clave para avisar a las demás cuando sientas que las cosas se están poniendo feas.» No se podía ser más fuerte que Diana, que tensaba el arco cuando era necesario, sin desfallecer, y solo se relajaba con quien quería, con su grupo de amigas, su «grupo de seguridad», como ella lo llamaba.

Como nuestro grupo de seguridad éramos solo nosotras dos, esa misma noche, en tu casa, tu enorme casa donde pasamos tantas noches fingiendo que estudiábamos, escondidas bajo una sábana y una linterna encima de tu cama, mordisqueando todos los modelos de galletas de la caja de Surtido Cuétara, probando a leer la poesía de Sharon Olds que habíamos sacado de la biblioteca de idiomas del paraninfo, obviamente, por obra y recomendación de Diana, no tardamos en consensuar nuestra clave. Esa noche nos convertimos en amazonas y elegimos «Colores verdaderos» como lema «de seguridad». Lo usaríamos para activar la huida o el contraataque cuando las cosas se pusieran feas para cualquiera de nosotras, ya fuera en un contexto de fiesta o en un ascensor. Para entonces ya habíamos aprendido que el peligro se podía desbordar a cualquier hora del día y en cualquier lugar. A partir de ese día, a veces sin fundamento y solo por probar si funcionaba, cuando la cosa se ponía chunga, o cuando alguna se aburría, cuando la noche en La Violeta, ese bar de la calle Vallehermoso que sigue existiendo —por cierto, podríamos quedar allí mismo un día—, se volvía irrespirable, nos lanzábamos la consigna: «Colores verdaderos». Y emprendíamos el camino a casa.

David volvió de la cocina con un plato con lonchas de queso, un poco de fuet y tres vasos de chupito, la botella de tequila y un cuchillo inusitadamente grande. Ahora pienso, desde otra lógica, que estaba ahí para terminar de cortar el fuet y el taco de queso inacabado que había dejado también en la mesa. O no. Mi mirada sobre la casa y la situación se transformó de golpe en el reflejo deformado del acero. La magia se me convirtió en calabaza. La casa, hasta entonces una mezcla justa de anarquía y bohemia, se me reveló de golpe y sin lugar a dudas como un espacio cochambroso, lleno de rincones que escondían peligros, objetos pesados unos, acabados en punta otros, como el cuchillo posado en la mesa, advertencias claras, como la cara tan guapa pero de rasgos duros de David que visualicé dibujada a lápiz en un retrato robot junto a nosotras, futuras víctimas plasmadas a doble página en la sección de sucesos. Pero ¿cómo se les ocurriría subir a casa de un desconocido diez años mayor? Paré mi mente embalada a fuerza de tararear, y lo hice bien alto y de golpe: «I see your True Colors shining through...», mientras echaba mano a mi mochila y buscaba las llaves invocando a Diana cazadora. Te percataste de mi miedo súbito al oír la consigna cantada y en inglés, como si incluso el hecho de soltarla de sopetón en castellano pudiera poner en guardia al guapísimo David, quien buscaba ahora entre los discos qué pinchar a continuación. «So don't be afraid, to let them show...». Me miraste con mirada y cejas arqueadas, incrédulas. ¿En serio? La casa se me empequeñecía y los libros del marqués de Sade se iban convirtiendo en un prólogo para lo indecible. En tu cara había una súplica y a la vez una tregua implícita, una aquiescencia completa ante las palabras que sabía que estaba a punto de usar por primera vez en serio. De hecho, lo hiciste tú antes, te levantaste de un brinco, con tus mañas de saltimbanqui y, metiéndote la camiseta por los pantalones de tiro alto, buscaste tu jersey con la mirada mientras sentenciabas: «Colores verdaderos». «¿Cómo?» Él se giró, no entendía el curso que parecían estar tomando los acontecimientos. Empezamos a trastabillarnos con datos inconexos, metro, Guinardó, aparecieron los nombres de mis tíos, recuerdo que dijiste «Rosi» en vez de «Valentina», «su tía Rosi», y te quise mucho por seguir calentando la fogata de nuestro mundo privado en vez de hacerme sentir como una imbécil por estar viendo fantasmas donde tal vez nunca los hubo. Bajamos en silencio tenso las escaleras, una cosa es que hubieras mantenido nuestro pacto y otra muy distinta era que no dejases espacio para sentir la frustración de estar alejándonos de aquello que nos estaba excitando a las dos en el más amplio sentido de la palabra, y todo por no dar pábulo a mis (nuestros) miedos. Hicimos el viaje hasta el metro, los primeros quiosqueros montando sus puestos en Las Ramblas, luz blanquecina, otra vez Jaume I, en silencio, también el trayecto; al salir de la boca de metro de Maragall nos pusimos a correr al ver en un reloj público que eran ya cerca de las ocho. Rosi nos recibió en bata, con el pelo levantado por detrás por culpa de la almohada, con una sonrisa inmensa, casi un bufido, aliviada, tremendamente aliviada.

Mientras nos preparaba el desayuno, entre grititos ahogados y risitas nerviosas: «Ay, hijas mías, que llevo en vela desde las cuatro de la mañana. No pensaba en otra cosa que en las niñas de Alcazán». Aquel gazapo, tan propio de Rosi, deshizo toda la tensión que llevábamos acumulando bajo la espita y nos provocó un ataque de risa de tal calibre que sacó a mi tío de la cama. Mi tía, por supuesto, le ocultó que acabábamos de llegar. «Las niñas, que son madrugadoras.» Mi tío se volvió a la cama y ella nos confesó que justo antes de oír nuestra llave en la puerta, había estado tentada de llamar a la policía. «Eso sí, lo último que iba a hacer era llamar a vuestros padres.» Su complicidad nos desarmó, y aquella confianza infinita, ese ponerse de nuestro lado, su querer evitarnos a toda costa la catástrofe de ser juzgadas, siquiera por su marido, nos hizo quererla aún más. ¿Te acuerdas? Nos arrebujamos de algún modo contra ella, dándole a entender lo que era, un amor de persona que nos comprendería siempre mejor que todos los padres angustiados de nuestra generación. Desayunamos solas y felices, mi tía había vuelto a la cama, fantaseamos con la idea de volver esa misma tarde a la calle Assaonadors; queríamos volver a una hora en que los brillos de los cuchillos no despiertan fantasmas de niñas torturadas. Nunca llegamos a hacerlo, y a los dos días nos volvimos a casa, fin del puente y de la aventura.

No sé cómo te haré llegar toda esta chapa, ¿te pediré tu mail por un privado en Facebook? ¿Te das cuenta de que nunca he llegado a mandarte un mail? No, mejor tu dirección postal. Y tecleé este texto a máquina, como una buena chica Underwood, y meteré también en el sobre el ejemplar de *El bolso amarillo* que he encontrado en el trastero de mi madre, donde permanecían perfectamente plegadas nuestra amistad y tus cartas. De donde me ha saltado como una caja sorpresa este siniestro payaso, esta historia. Nunca sabremos si esa noche en Barcelona salvamos la vida o perdimos la oportunidad de vivir una experiencia fantástica, cuando menos iniciática. Nunca, no. La anilla de la calle Assaonadors sigue en su sitio, lo comprobé en un reciente viaje a Barcelona; la calle, eso sí, está infestada ahora de hoteles, boutiques y cosas peores. ¿Volveremos juntas alguna vez? Si el matrimonio es una conversación inacabada, la amistad es la obstinada construcción de un código plagado de sobreentendidos. De palabras en clave que pueden llegar a formar un idioma común. Hoy me ha alegrado comprobar que, aunque sea desde el recuerdo, no somos una lengua muerta.

Recuerdo el doble arcoíris que nos recibió al salir de la estación de Chamartín en el tren de vuelta. Tú dijiste que era un augurio de buena suerte. Una segunda vida que nos daban los colores verdaderos. O la noche en que fuimos más rápidas o más lentas que el miedo.

Sin miedo

Roberta Marrero

Roberta Marrero (Las Palmas, 1972) es una artista contemporánea, cantante y actriz española. En su libro *El bebé verde: infancia, transexualidad y héroes del pop*, novela gráfica con prólogo de la escritora Virginie Despentes, recopila recuerdos de su infancia y su transexualidad, explicando cómo la visión del mundo de diferentes artistas de la música pop, la literatura o el cine le inspiraron, especialmente Boy George. Los principales temas en su obra son el poder, la muerte, la fama, el amor y la política.

La libertad es vivir sin miedo.

NINA SIMONE

Como mujer trans que soy, aprendí desde muy pequeña qué es la violencia. Como niña que sufrió *bullying* en el colegio y también acoso por la calle, ante la completa impasibilidad de mis mayores, profesores y familia, descubrí desde muy tierna edad que pertenecer al espectro femenino de la existencia te podía acarrear serios problemas.

Nací en 1972, por lo que mi infancia transcurrió en una España posfranquista en la que la transexualidad infantil y el acoso escolar eran cosas «que no pasaban»; por lo tanto, si no era un problema, no se podía encontrar una solución. No había manera de nombrar aquello que estabas experimentando, y por lo tanto todo lo que podías hacer era existir como buenamente pudieras. Era una marea de violencia que, lo siento por el género masculino, solamente ejercían los niños, jamás las niñas; de hecho, ellas fueron las únicas aliadas de mi infancia.

Es muy difícil explicar lo sola que te puedes sentir cuando tienes diez años y el mundo te dice que no hay un sitio en él para ti, cuando lo único que quieres es hacerte mayor para tomar tus propias decisiones y no ir más a clase, por ejemplo. Si echo la vista atrás, veo que tuve una fortaleza casi inhumana para poder lidiar con lo que me ocurrió y salir medianamente cuerda del trance. Yo tuve suerte; los suicidios entre la comunidad trans infantil son numerosos, y, de hecho, la esperanza de vida de las personas transexuales es bastante inferior a la de la media por varias razones. Ahora puedo entender que lo único que se les ocurriera a mis profesores del colegio para evitar el martirio que suponía para mí el recreo fuera dejarme sola en un aula, decisión que solo aumentaba mi sensación de aislamiento y mi falta de integración con los otros niños. Todavía recuerdo mi soledad en el aula mientras en la lejanía se oía el barullo de los juegos en el recreo, aislada del mundo como en una urna de cristal, como si no perteneciese a él, como una rareza de circo o un extraño espécimen con el que todavía no se sabe qué hacer y que se preserva en un sitio especial. Comprendo también que mis padres, educados en una España franquista y oscura, no supieran qué hacer con aquel «niño» extremadamente femenino que era yo de pequeña. Si yo fui educada en una España recién salida de una dictadura, ellos crecieron bajo su férreo yugo, el fruto de cuarenta años de sometimiento religioso y militar, un adoctrinamiento que los hacía absolutamente incapaces de lidiar de otra manera con lo «distinto». Me habría encantado que mi pasado fuese otro. Crecer más arropada, más comprendida, más amada. Pero estar en guerra con ello no me va a hacer más feliz.

Como el niño que se supone que era para los demás, mi afeminamiento imposible de ocultar —porque en realidad yo era una niña— se convertía en un insulto, una aberración, algo de lo que te podías reír impunemente. Yo era lo peor que podía ser un «chico»: un no chico, un mariquita, una mujer, un desertor del divino don de la masculinidad. Las raíces de la transfobia son muy hondas y están muy enmarañadas, y van desde la misoginia más pura a la homofobia más descarnada, en una peligrosa combinación de letales consecuencias. Curiosamente, nadie se metía con los «chicazos», las niñas que jugaban al fútbol con los niños, como si a tan temprana edad los pequeños supiesen qué castigar y qué celebrar. Me pregunto si es un inconsciente colectivo casi atávico con el que nacemos o el fruto de las rígidas normas de género a las que nos someten nada más nacer, pero la semilla del machismo se planta sin duda a muy temprana edad y se riega con una potente mezcla de ideas heredadas a través de la familia, el Estado o la cultura popular.

Ese miedo que todas las mujeres podemos sentir en determinados momentos ya lo sentía yo desde muy pequeña cuando salía de mi casa, y no solo en el colegio, también cada vez que pasaba por delante de grupos de niños, o cuando estaba con alguna amiga y algún chico creía tener la potestad de venir a golpearme o insultarme. De adulta, ese miedo no desapareció, porque las agresiones tampoco pararon: miedo a coger el autobús por la noche y a sufrir agresiones verbales, miedo a ir por la calle de madrugada por si te metían una paliza, miedo a enfrentarte a un mundo laboral cerrado casi herméticamente a las mujeres trans —en Brasil, por ejemplo, el 95 por ciento de la población trans femenina se dedica a la prostitución, porque es imposible conseguir otro trabajo; y en nuestro país somos el colectivo con mayor tasa de paro—. Miedo a acabar sola, por lo complicado que es para las mujeres trans heterosexuales formar una familia —a los hombres les encanta acostarse con nosotras, pero tenernos de novias o mujeres..., eso ya es otro cantar—, miedo a la exclusión social y al aislamiento feroz que todo esto provoca, miedo a todo lo que para cualquier otra persona es la vida cotidiana. Aun así, no quiero pecar de negativa ni de victimista: las mujeres trans, como las no cis —para quien no lo sepa, todas aquellas personas que están en desacuerdo con el género que les asignaron al nacer—, existimos con valentía y coraje. Bailamos en una fina línea de vida porque no nos queda otra. Este es nuestro sitio, y dar a conocer nuestra realidad es positivo. Las personas trans seguimos siendo las grandes desconocidas, casi criaturas míticas de algún programa amarillista de televisión, pero a las que muy poca gente trata en la vida real. Contar nuestras historias, nuestras opresiones y nuestras maneras de enfrentarnos a ellas puede crear una alianza a veces inexistente entre las mujeres trans y las que no lo son, y así aprender nosotras de sus luchas y ellas de nuestros métodos de supervivencia ante la violencia patriarcal.

El escritor negro y homosexual James Baldwin decía en unas notas publicadas después de su muerte, en la maravillosa película documental *I am not your negro*, del año 2016: «No podéis lincharme y mantenerme en guetos sin que os convirtáis vosotros mismos en algo monstruoso. Y además me dais una ventaja aterradora. Nunca habéis tenido que mirarme, pero yo he tenido que miraros a vosotros. Sé más de vosotros que vosotros de mí. No todo lo que se encara se puede cambiar, pero nada puede ser cambiado hasta que le das la cara». Me parece un punto de vista —en este caso, sobre el racismo en Estados Unidos— que se puede extrapolar a cualquier tipo de acto violento: el agresor como «lo que está mal», como el foco de atención. Porque la violencia nunca habla sobre el agredido. Solo da pistas sobre el agresor, nunca va sobre los demás; habla de ti, de ti agrediendo, de ti reaccionando de forma feroz ante —probablemente— un espejo, tú sabrás por qué. James Baldwin también se pregunta en una entrevista del documental sobre el momento en que los blancos superarían el racismo, porque le habían dicho desde pequeño que esperara, que era una cuestión de tiempo, y seguía esperando. Lo mismo podríamos decir las feministas sobre los hombres, porque «nuestro» problema —como el racismo— escapa de las manos de quien lo sufre; ni la violencia racista ni la machista son originarias de las personas racializadas o de las mujeres, aunque parece que somos las únicas que nos tomamos la molestia de pensar en ella.

Uno de los mecanismos perversos de la violencia consiste en que la carga emocional recaiga sobre la agredida. Recuerdo que una vez, de pequeña, estaba con una amiga sentada en la calle hablando tan tranquilamente cuando un chico se acercó a nosotras y, sin mediar palabra, me pegó una bofetada, dio media vuelta y se marchó. Sentí tanta vergüenza que seguí hablando con mi amiga como si no hubiese pasado nada. Decidí, ante mi terrible malestar, ignorar lo ocurrido, porque me hacía menos persona. Me vi como un animal apaleado; esta es una de las maneras en que actúa la violencia sobre nosotras. Cuando hablo de *bullying* en primera persona, cuando abro mi herida, no lo hago como un ejercicio de pornografía personal, hablo desde ella para que se convierta en un poderoso foco de luz desde el que denunciar. Las heridas son marcas de guerra que tenemos que exhibir orgullosas.

«La libertad es vivir sin miedo», dice Nina Simone en la cita que encabeza este texto. Nina sabía de lo que hablaba. Su marido y mánager, Andy, la sometió a una relación de abuso psicológico y físico. En un vídeo que encuentro en YouTube, la diva, de presencia apabullante y vestimenta sencilla, escucha la pregunta en su camerino: «¿Qué es la libertad para ti?». «Lo mismo que para ti, dímelo tú», responde ella, retadora. El entrevistador insiste: «Dímelo tú». Y ella contesta: «Es un sentimiento». Entonces divaga: es difícil de explicar qué es la libertad, es como narrarle a alguien que no ha estado enamorado lo que es el amor. Añade que ha logrado sentirse libre en el escenario unas cuantas veces... Y de repente algo ilumina su pensamiento, le cambia la cara y le revela —porque es un momento de revelación para ella y para el espectador— lo que es para ella la libertad:

«Te diré lo que es para mí ser libre: la libertad es vivir sin miedo». Y sonríe, satisfecha en la rotundidad.

A estas alturas, podemos preguntarnos: ¿es eso posible?, ¿podemos convenir con Nina en que, a pesar de todo, se puede vivir sin miedo? Tengo cuarenta y seis años y no diría que vivo con miedo, pero mentiría si no dijera que «existo con cierta prudencia». Mi vida ha cambiado mucho desde mi juventud, y por ejemplo ya no salgo de noche, con lo que el riesgo de una posible agresión ha mermado considerablemente. Y también ese terror inconsciente que hace que cojas un taxi por la noche si vuelves sola a casa, o que le pidas a tu amiga que te avise con un mensaje cuando llegue. Lo hemos interiorizado tanto que a veces no somos conscientes de la enorme presión a la que estamos sometidas, esa presión que tan alegremente ignoran los hombres blancos, cis y heterosexuales, que pueden coger una mochila y recorrer mundo sin más preocupación que la de tener el pasaporte en regla. Recuerdo que, estando casada, mi exmarido quería que fuéramos de vacaciones a Sudamérica. Yo había oído tantas historias de asesinatos de mujeres trans por esas latitudes que la sola idea me paralizaba, y así se lo hice saber. A él, como hombre blanco, cis y heterosexual, acostumbrado a vivir sin el menor temor, esto se le escapaba. Aun así, aceptó mi miedo, y no viajamos.

El transfeminismo me ha ayudado a entender de forma cada vez más precisa toda esta inmensa máquina. Aclaro: digo transfeminismo porque últimamente el feminismo, así, a secas, ha reavivado una serie de batallas sobre quién es el sujeto del mismo que yo creía extintas a estas alturas. Recuerdo una vez, en la cola de los servicios de una discoteca, que una *skinhead* se puso agresiva conmigo porque, según ella, aquel no era mi baño. Ante la impasividad de las otras chicas, decidí defenderme y le planté cara, sin que la cosa fuera más allá de un enfrentamiento verbal que me dejó con mal cuerpo y una sensación de vergüenza horrible. Al final, el personal de seguridad del local echó a la agresora, pero, una vez que el altercado acabó, nadie me ofreció una palabra de apoyo. Una vez más, sola ante el peligro, y encima rodeada de mujeres. Entiendo que por temor a una pelea no intervinieran, pero podrían haber tenido una expresión de aliento hacia mí después del altercado. Prefirieron seguir en la cola como si nada hubiese ocurrido. También es verdad que esto pasó hace unos quince años, lustros antes del *boom* del feminismo que vivimos actualmente. Hace poco comenté esta problemática en unas jornadas LGTBIQ y feministas, y sentí verdadero apoyo por parte de las mujeres presentes. No obstante, desde entonces cada vez que voy a un baño público aquel momento resuena en mí, es un miedo más. El temor a que alguien me diga que no es mi sitio, idea que no es tan descabellada si tenemos en cuenta a esas «feministas» para las que las trans no somos mujeres, sino una especie de «aliados» del patriarcado disfrazados de mujer.

Yo, como transfeminista y *queer*, creo que ninguna mujer es mi enemiga —ni siquiera la que me pidió de malas maneras que abandonara el servicio de señoras— y abogo por un feminismo para todas, al margen de tu raza o clase social. Para las lesbianas y las heterosexuales, para las cis y las trans, para las trabajadoras sexuales, las payas y las gitanas, las blancas y las negras, para las ricas y las pobres. No podemos dejar que el terror al «otro», una de las grandes bazas del machismo, nos juegue una mala pasada y nos convierta en opresoras; si queremos vivir sin miedo, tenemos que empezar por dejar de atemorizar nosotras mismas. Y sobre todo, escucharnos las unas a las otras, que la máxima «Yo te creo» no funcione solo con las mujeres que son como nosotras, sino también con aquellas que viven su vida en el otro extremo de la existencia y cuya opción, por sernos desconocida, no tiene por qué anular nuestra capacidad de empatía.

Cuando dejé la escuela primaria y entré a estudiar en la escuela de artes aplicadas, descubrí un tipo de hermanamiento que me enseñó a vivir con un poco menos de miedo. Los chicos gais que estudiaban allí, un poco mayores que yo, me enseñaron que no era la única «rara» en el mundo. Realmente llegué a creer durante mi infancia que mi otredad era absolutamente única, y eso me hacía sentir muy sola. Con ellos compartía estatus; ellos también tenían miedo de ser agredidos cuando salían a la calle, pero habían desarrollado una especie de armadura invisible entre los agresores, y caminaban siempre con la cabeza alta, se sabían *freaks*, pero en el mejor sentido de la palabra. Su diferencia era un don que a veces les acarreaba problemas por no ser entendidos o aceptados pero que siempre los acompañaba como un Pepito Grillo sentado en su hombro, diciéndoles: «No eres tú, son los demás». La falta de victimización que aprendí de mis amigos gais de aquella época me ha hecho más llevadero el miedo del día a día.

En el brillante discurso de aceptación de Madonna del premio Mujer del Año Billboard 2016, la cantante denuncia, con una increíble mezcla de fortaleza y vulnerabilidad, la misoginia imperante, una violación que sufrió cuando se mudó a Nueva York, el machismo y la fobia a la vejez femenina. Cuenta que, cuando empezó, su modelo de conducta era David Bowie, que encarnaba lo masculino y lo femenino en un mismo cuerpo, y que le hizo creer que en la música rock no había normas. Pronto descubrió que sí existían, pero básicamente para las mujeres, no para los hombres. En ese complejo entramado de cosas que una estrella femenina del pop podía o no hacer, Madonna era castigada cada vez que se atrevía a cruzar un límite. El peor momento de su carrera, dice, fue cuando publicó su libro *Sex*, un volumen fotográfico sobre fantasías sexuales. Madonna rompió así uno de los grandes tabúes de la sociedad, el deseo y la sexualidad femenina contados por una mujer en primera persona. El libro se considera ahora un paso decisivo en la liberación de la mujer en la cultura popular de los noventa, pero en su momento las críticas crueles sumieron a Madonna en un terrible estado depresivo. Cuando miro atrás y pienso en mi yo joven y en todas las veces que se me fustigó, creo que es exactamente por eso mismo. Hay sitios que una mujer trans puede ocupar y otros que no, y yo, por pura inconsciencia, los ocupé todos, sin pedir permiso, porque me daba la gana; como diría la misma Madonna, como una zorra que no pide perdón, que va a donde quiere sin pensar en las consecuencias, gracias al preciado regalo de la inconsciencia de la juventud.

Cada vez que fui agredida fui también valiente, en mi deseo de hacer cosas cotidianas como caminar por la calle de día, usar un baño público o coger un autobús de madrugada para volver a casa. Os puedo asegurar que este miedo a posibles represalias hace que muchas personas trans no salgan a la calle en horas diurnas, o que se olviden de usar los aseos de unos grandes almacenes, tal es el nivel de ansiedad existencial al que nos enfrentamos. Ese peligro al que he estado y sigo expuesta tiene la misma raíz que el que nos impide a las mujeres ir tranquilas por la calle. Yo he intentado vivir mi vida sin miedo, como decía la divina Simone, pero he de reconocer que lo he sentido muchas veces. El otro día, sin ir más lejos, me despedía de una pareja de amigos gais después de un agradable almuerzo, y percibí la mirada hostil de un hombre detrás de nosotros. Me sentí absolutamente incómoda, y en peligro, incluso bajo el sol de mediodía. Cuando me despedí de mis amigos, apreté el paso y miré hacia atrás para ver si me seguían. No era así, pero seguí andando con la certeza de que si el incidente hubiese ocurrido de noche, me habría visto metida en un problema. Es una mierda vivir así. ¿Qué podemos hacer? Hablar de estos temas entre nosotras y con ellos. Exponer el problema, hacerlo visible. Crear redes de apoyo para sentirnos más seguras, andarnos con ojo, aprender autodefensa. Intentar que el miedo, sombra pesada y larga, no nos impida caminar por el mundo tan tranquilas como sea posible.

A cenar la pirámide

Carme Riera

CARME RIERA es catedrática de la Universidad Autónoma de Barcelona, es una de las autoras más queridas por la crítica y los lectores. Es Premio Nacional de las Letras 2015 y Premio Nacional de Cultura 2001 por su doble vertiente de creadora y profesora. Además, en 2012 fue elegida miembro de la Real Academia Española. Se dio a conocer en 1975 con *Te dejo, amor, en prenda el mar* (*Te deix, amor, la mar com a penyora*). Entre sus novelas destacan *En el último azul* (*Dins el darrer blau*, premios Josep Pla, Nacional de Narrativa, Crexells, Lletra d'Or y premio Vittorini a la mejor novela extranjera publicada en Italia en 2000), *Por el cielo y más allá* (*Cap al cel obert*, Premio de la Crítica Serra d'Or), *La mitad del alma* (*La meitat de l'ànima*, Premio Sant Jordi), *El verano del inglés* (*L'estiu de l'anglès*), *Con ojos americanos* (*Amb ulls americans*), *Naturaleza casi muerta* (*Natura quasi morta*), *Tiempo de inocencia* (*Temps d'innocència*), *La voz de la sirena,* (*La veu de la sirena*), *Las últimas palabras* (*Les darreres paraules*), y *Vengaré tu muerte* (*Venjaré la teva mort*). Su obra ha sido traducida a numerosas lenguas.

A Diana Quer y a Laura Luelmo
In memoriam

I

Se conocieron en un bar.

Él estaba solo en la barra, pendiente de que se vaciara alguna de las mesas donde servían las hamburguesas y los platos combinados, que se anunciaban en una gran carta colgada fuera sobre un tablón.

Ella acababa de entrar con dos colegas que la habían invitado a dar una vuelta para enseñarle un poco la ciudad, en la que nunca había estado antes.

El pequeño snack-bar estaba en el centro, aunque en una zona algo apartada por la que apenas circulaban coches. Sus precios asequibles y la rica especialidad de la casa —una pirámide de carne picada de sabor agridulce, muy especiada, en cuyo vértice se sostenía, malabarista, un huevo frito, y acompañada por un cerco de patatas con queso fundido, mostaza y kétchup— le habían dado cierta fama entre el personal de la universidad, ubicada a pocas manzanas.

El lugar era frecuentado por profesores y administrativos universitarios los días laborables, a la hora de tomar un tentempié. Lo preferían a otros bares más cercanos a la facultad porque les permitía aislarse de los estudiantes. Se lo enseñaban para que al menos los primeros días, mientras buscaba un apartamento en el que alojarse, pudiera tomar algo sin que eso se convirtiera en un desembolso fenomenal. Los precios habían subido mucho últimamente, y el sueldo de profesora ayudante de clases prácticas no daba para muchas alegrías tras los recortes impuestos por Trump en las universidades públicas.

El único inconveniente del Alvar's Bar era que casi siempre había que hacer cola, como ahora. A veces incluso había que aguardar en la calle durante un rato largo. El local se llenaba con demasiada frecuencia porque el espacio no estaba en consonancia con el éxito creciente conseguido por el nuevo dueño. Antes lo había regentado un tal Álvaro, un puertorriqueño que se había vuelto a su isla después de traspasar el local a un coreano, gran emprendedor en el asunto de la cocina de fusión, aunque solo fuera a fuerza de mezclar especias a escala casi proletaria.

La barra era estrecha y no apta para platos, por pequeños que fueran. Cabían solo copas, jarras de cerveza o botellines. Todo líquido y nada sólido. Para lo sólido había al fondo ocho mesas que se ocupaban por riguroso turno y que se podían compartir siempre que lo permitiera el primero en llegar. Se conocieron a consecuencia de esa costumbre hospitalaria. Ellas habían llegado las últimas, estaban en la puerta, pero a él, que llevaba rato haciendo cola, le acababan de adjudicar la mesa que justo se había quedado libre. Muy amable, les hizo señas invitándolas a compartir su espacio, pese a que eso le supusiera una menor comodidad. Era corpulento, con piernas largas, tendría que arrimarse mucho a la pared y no podría moverse a sus anchas, no fuera a rozarlas sin querer.

Ellas dudaron primero si aceptar, pero fue Leonor, la joven profesora recién llegada, la que insistió para que no rechazaran la invitación. Llevaba tacones altos finísimos y tenía los pies destrozados, de manera que una silla era lo que más deseaba en aquellos momentos. Además, el hombre parecía educado.

—Compartir mesa no supone tener que compartir conversación —insinuó con timidez mientras avanzaba hacia el fondo, donde estaba ya sentado el tipo.

—Eso de ninguna manera —dijo Misako en voz baja—. Nada de conversar con él. No sabes lo pesados que se ponen los hombres solos.

Misako era la mayor y la más experimentada del grupo, aunque su apariencia —la piel tersa y la mirada oblicua sin apenas arrugas— permitía suponer, como ocurre con la mayoría de las mujeres orientales, que tenía menos años de los que acababa de cumplir.

—Nosotras hablaremos de nuestras cosas —añadió Linda con una sonrisa algo burlona y marcando la frase con un tono especial, intencionadamente ridículo. Dando a entender que eso de «nuestras cosas» se le antojaba típico de las mujercitas tontas, esas que solo se reúnen para hablar de cosméticos, intercambiar recetas de tartas o referirse a la dentición de sus hijos, como si fueran las heroínas de las novelas victorianas de las que era especialista.

—Nuestras cosas... —repitió Leonor, riendo—. Para mí son nuestros derechos, eso lo primero. ¿Qué les dio Trump a las que le votaron, qué cosas? De verdad que me lo pregunto. Me encantaría saber vuestra opinión.

—No les dio nada —aseguró Linda.

—Estupendo tema —dijo Misako con ironía—. Hablamos de eso luego, a lo mejor ese tipo es de Trump. No me extrañaría nada.

Se quitaron las chaquetas y se sentaron junto al hombre. Las tres le dieron las gracias de manera cortés pero fría, no fuera a hacerse ilusiones de entablar relación, y enseguida advirtieron al camarero que ellas iban juntas, pero sin él, para evitar que pudiera hacerse un lío con las cuentas, sobre todo porque el tipo había pedido una botella de vino y cuatro copas que ellas no pensaban ayudar a sufragar.

—Os invito con mucho gusto —dijo él—, como si hubiera adivinado su pensamiento norteamericano, tan amigo de que cada uno pague hasta el último centavo de su propia consumición.

—Gracias, no bebo —respondió rápidamente Misako, devolviendo la copa al camarero con gesto adusto y mirando a sus colegas para que rechazaran también la invitación.

—Yo sí voy a probarlo —aceptó Leonor—. Me encanta el vino. —Pero ante la cara severa de Misako, puntualizó, un tanto arrepentida de su espontaneidad—: El buen vino, y este es bueno, seguro. ¿Tú también vas a probarlo, Linda?

—Soy abstemia, lo siento, Leonor. —Linda se esforzó por ser más amable que Misako y sonrió al anfitrión, que contemplaba a las tres mujeres con cierto aire de burla.

—De ninguna manera he querido molestarlas, sigan siendo abstemias, mejor para los que no lo somos. —Y mirando a los ojos a Leonor, levantó su copa para brindar con ella—. Por este encuentro —dijo—. Y por ti, gracias por aceptar esta copa, Leonor. Tienes un nombre latino...

—Mi abuela se llama Leonora, es de México, hija de emigrantes españoles, republicanos exiliados...

—Yo también soy hispano.

—Venezolano —apuntó Misako—, ¿verdad?

—No —contestó él—, español, pero he vivido tiempo en Caracas, el acento me delata...

—No —dijo Leonor—, hablas muy bien inglés. Misako es profesora especialista en fonética...

—Sí, lo soy, y ahora si no le importa, señor...

—Bustamante.

—Nosotras vamos a seguir conversando de nuestras cosas, señor Bustamante.

—Por supuesto —asintió él—. No se preocupen, seré sordo y mudo. A veces me viene bien parecerlo. Además, no tardaré mucho en irme, en cuanto me tome esa pirámide de huevo escalador. ¿Lo fijarán con pegamento? —Y se rio con gusto de su ocurrencia.

II

Terminó su plato con rapidez, tomó dos copas y, pese a que el camarero insistió en que podía llevarse la botella de vino, prefirió dejarla. Tal vez sospechaba que las abstemias se animarían a probarlo si él no las veía. Quizá habían rehusado su invitación para marcar distancias, solo por eso. Pagó la cuenta y le tendió una tarjeta a Leonor, en la que anotó su número de móvil.

—Por si se te ofrece cualquier cosa —dijo—, por si necesitas algo. Cuando gustes, en cualquier momento —insistió.

Se despidió de las tres mujeres con una sonrisa. Les deseó buenas noches y felices sueños y se fue hacia la barra, que ya se había vaciado. Se paró en el extremo opuesto de donde estaban ellas y pidió un café.

Misako aludió enseguida a ese «felices sueños» con el que él se había despedido, porque el detalle le pareció machista y no le gustó.

—¿Os habéis dado cuenta de la manera en que lo ha dicho? Como si tuviéramos que soñar con él. —Y luego, dirigiéndose a Leonor, le pidió que le enseñara la tarjeta—. A ver qué dice: ¿dónde vive, quién es?

—Mira, Álvaro Bustamante, doctor ingeniero aeronáutico. Duque de Rivas, 35. Sevilla.

—Creo que hay un simposio organizado por la NASA estos días aquí. Habrá venido a eso, supongo —terció Misako...

Ellas tampoco tardaron demasiado en terminar sus platos, bastante frugales. Solo Leonor se había dejado tentar por la carne, pero en vez de una pirámide había escogido una minihamburguesa con las casi inevitables patatas, que a petición suya le cambiaron por unas sonrientes hojas de lechuga. Sus colegas, ambas profesoras del Departamento de Lenguas Románicas de la Universidad de Washington en Missouri, no eran abstemias, pero sí veganas. Eligieron sendas ensaladas multicolores, con tofu y algas, que tomaron con dos copas del tinto de California, caro, un reserva de Santa Digna, para no desperdiciar el despilfarro de aquel tipo «un poco raro», según Linda.

—Como todos los latinos, un derrochador, un pirado... —apuntó Misako.

—No todos —puntualizó Linda, porque pensó que Leonor, que había confesado sus antecedentes hispano-mexicanos, podría sentirse ofendida.

Cada una pagó lo que había consumido —la minihamburguesa era algo más cara—, calculando a la perfección el tanto por ciento de la propina, centavo a centavo. Él seguía en la barra, charlando con el camarero, cuando salieron a la calle. Allí se despidieron, después de darle instrucciones a Leonor para llegar al hotel.

III

Era sábado. Según el horóscopo, día de suerte para los capricornio como Leonor. «Un encuentro fortuito puede dar un rumbo distinto a su vida», había leído en un periódico durante el vuelo a Saint Louis desde Atlanta, en cuyo aeropuerto había tenido que hacer escala obligatoria. Desde Gainesville, donde vivía, tras dejar México, no había vuelo directo a Missouri.

Había estudiado en Gainesville, en la Universidad de Florida, donde se había doctorado con una tesis sobre «La violencia de género en la novela española contemporánea». El lunes iba a empezar su primer trabajo serio, dejando atrás los canguros y los empleos veraniegos sirviendo pizzas a los que se había dedicado mientras estudiaba. A partir de ahora daría clases de lengua española a los principiantes, sus primeros alumnos. Había tenido suerte con la plaza. Los puestos en las universidades públicas escaseaban. Además, su jefa, Misako, aunque seria y muy estricta en sus convicciones y tal vez un poco racista, o al parecer, al menos poco simpatizante de los emigrantes hispanos, había sido amable e incluso había tenido el detalle de ir a buscarla al aeropuerto, llevarla al hotel y acompañarla a cenar. Se lo acababa de agradecer al despedirse, después de que Misako le recordara que el lunes la esperaba a las ocho en punto para presentarla a los profesores del departamento y acompañarla al aula.

Tenía todo el domingo para descansar. Se levantaría tarde. Miraría anuncios de apartamentos baratos en internet, ojearía los apuntes para la primera clase. Escribiría un largo correo a su chico, lo llamaría por WhatsApp. Se habían enfadado. Él no quería que se marchara tan lejos, pero quedarse era desaprovechar una maravillosa oportunidad. No hacía ni veinticuatro horas que se habían despedido y ya lo añoraba. Tendría que dormir sola muchas noches hasta que él pudiera ir a verla o ella regresar a Gainesville. Peter era tres años más joven y todavía estudiaba.

Dobló a la derecha y luego a la izquierda por la calle que desembocaba en el Tucker Boulevard. El hotel no quedaba lejos. Unas cuatro cuadras en línea recta, le había dicho Linda. La avenida estaba bien iluminada y, aunque no había demasiada gente, pasaban coches. No tenía miedo, pero estaba cansada. Tal vez debería haber pedido un taxi desde el bar. O preguntarle a Misako por una cooperativa de confianza. Llevaba el móvil en el bolsillo. Podía detenerse un minuto para mirar en internet qué compañías de taxis había en la ciudad o si operaban Uber o Cabify, que le saldrían más baratas, pedir que la recogieran en cualquier esquina y esperar ahí. Pero decidió continuar caminando. No andaba sobrada de dinero, precisamente.

No se le había ocurrido averiguar si Saint Louis era una ciudad peligrosa, y ahora, en cambio, se lo preguntaba. ¿Era peligroso caminar de noche sola? Nada le había dicho Misako, tan precavida, ni Linda, su pareja... Claro que Linda era campeona de kárate, cualquiera que se acercara recibiría su merecido.

No, si Saint Louis fuera peligrosa, ellas la habrían avisado. O tal vez no. El hotel quedaba cerca, no se les habría ocurrido que pudiera pasarle algo. Tampoco en Washington le habían advertido nada y, cuando fue al congreso de la MLA para la entrevista de trabajo con Misako, le habían dado un buen susto. Se salvó por los pelos de que la violaran tres tipos.

No, esta vez no le ocurriría nada. Seguro. Seguro. Repetía la palabra mentalmente, como si fuera un mantra: seguro, seguro, seguro.

Siguió andando en línea recta. Esperó frente al semáforo para cruzar la segunda manzana. No había nadie ni a un lado ni al otro de la avenida. El Gateway lucía bellísimo y eso la animó. Le gustaba ese arco de luz maravilloso, como un arcoíris lleno de excelentes presagios. Le parecía un buen augurio. Al día siguiente daría un paseo hasta el río. Le apetecía mucho ver el Mississippi, y cuando su chico fuera a visitarla, subirían a uno de esos barcos de ruedas para contemplar juntos la ciudad desde el agua.

Cuando el semáforo se puso verde, cruzó la avenida. Según sus cálculos, faltaban solo dos cuadras para el hotel. Llegaría en menos de diez minutos. Siguió avanzando. Metió la mano en el bolsillo de la chaqueta para buscar la tarjeta de apertura de la puerta de la habitación, pero no la encontró. Palpó solo el paquete de clínex, el móvil y la tarjeta del desconocido, la única cartulina que guardaba ahí. ¿Había perdido la llave? ¿Se le habría caído en el bar? Rebuscó en el bolso. Tampoco estaba. Eso la inquietó, pero no se sentía con fuerzas para retroceder hasta el bar y ver si la encontraba. En el hotel le darían sin problema un duplicado.

Apretó el paso. La avenida se estrechaba, circulaban menos coches y las farolas alumbraban menos. Había superado las dos cuadras que le faltaban y el hotel no aparecía. Andaba por la quinta o sexta. Ni rastro del Holiday Inn. Se sentía cada vez más cansada. Miró el reloj. Llevaba casi media hora andando y aún no había llegado. Linda le había asegurado que el hotel quedaba a diez minutos. ¿Se había equivocado de dirección?

Se paró un momento para buscar en Google Maps la situación del hotel, pero había cuatro Holiday Inn en la ciudad y no recordaba la calle del suyo, ni siquiera la zona. ¿North? ¿North West? La dirección figuraba en el pequeño sobre donde estaba metida la llave-tarjeta que había perdido. Buscó en el móvil el teléfono de Misako. Un coche frenó con violencia junto a la acera, justo donde ella estaba. Un tipo bajó la ventanilla y le preguntó cuánto cobraba. Ella echó a correr sin contestar, preguntándose si tenía aspecto de puta. Volvió sobre sus pasos, dándose toda la prisa que le permitían los zapatos de tacón, demasiado altos para aquella excursión tan larga. En cuanto cruzara dos manzanas más, en una zona en la que había visto un pub abierto, llamaría a Misako. Ella sabía la dirección exacta porque le había reservado el hotel. Además, no hacía ni cuatro horas que la había llevado hasta allí, había esperado que se registrara y dejara la maleta y la había acompañado hasta el bar. Desde el pub pediría un taxi. No, no tenía que alarmarse. El coche había seguido su marcha. Nadie la amenazaba. No, todavía. Todavía no.

Miraba a un lado y a otro de la avenida, y cuando se cruzaba con alguien, aceleraba el paso. Se había quitado los zapatos. La tirilla de uno le había producido ampollas y no aguantaba más. No le importaba ir descalza. Sin los tacones avanzaba más deprisa. Se volvía cuando oía pasos tras ella y solo se tranquilizaba cuando el desconocido la sobrepasaba y se alejaba sin prestarle atención. Por fin llegó a la altura del pub. Estaban cerrando, pero aún había gente. Se tranquilizó. Entró y llamó a Misako. Llamó varias veces, pero Misako no lo cogía. Saltaba el contestador. Dejó recado pidiéndole que, por favor, le devolviera de inmediato la llamada porque no sabía cómo volver al hotel. Entró Preguntó en el pub: ¿había un Holiday Inn en aquella zona?, preguntó en la barra. Ni idea, le contestaron. Se acercó a un grupo, pero todos estaban demasiado borrachos para darle la menor indicación.

Volvió a salir. Esperó unos minutos junto a los fumadores. Tal vez Misako oiría el mensaje. Comprobó con horror que le quedaba poca batería. Fue entonces cuando pensó en la posibilidad de llamar a Álvaro. ¿Cómo no se le había ocurrido antes? Había sido tan amable... Y además, había insistido en ayudarla. Si todavía estaba en el bar, podría mirar si se le había caído la tarjeta del hotel, preguntar a los camareros y darle la dirección.

IV

—Hola Álvaro, soy Leonor. ¿Te acuerdas? Nos hemos conocido antes en el bar. ¿Podrías ayudarme, por favor?

—Por supuesto, Leonor, me alegraría poder serte útil.

—Ha debido de caérseme la tarjeta del hotel en el bar. Estaba dentro de un sobre. Pediré otra, pero necesito que me digas la dirección, la he olvidado, soy una despistada. Está impresa en el sobre. Creo que me he confundido de calle, me he perdido. Y si no te importa, pídeme un taxi, estoy en el número 452 del Tucker Boulevard, en la puerta del pub Gateway. Te lo agradecería muchísimo. Apenas me queda batería y... ...

—Ahora mismo voy a buscarte. Te llevo la llave y te acompaño al hotel, no tardo nada. No te muevas, Leonor, cariño, en un minuto estoy, niña mía...

—Ven pronto, por favor. La gente se está marchando del pub, en un segundo no quedará nadie en la calle...

«Niña mía», dijo estas últimas palabras en español, con la misma voz cálida con que le había repetido que iba a ayudarla, que no se preocupara, que la llevaría al hotel. Leonor se dejó casi mecer por sus palabras. Su abuelo español la llamaba niña mía. Claro que ese hombre no era su abuelo, ni siquiera podía ser su padre. Álvaro, doctor ingeniero aeronáutico, vecino de Sevilla, en la lejana España, tendría unos cuarenta y cinco años, le debía de llevar diecisiete, y ella le había gustado, de eso estaba segura, a pesar de sus rasgos exóticos y de su piel, menos lechosa que la de los auténticos gringos y por la que a veces se sentía rechazada. Le había gustado mucho más que Misako y Linda. Además, ella había sido más amable con él. Había accedido a probar su vino y a brindar con él, y esa amabilidad tenía ahora su recompensa. Menos mal. Se acababa de agotar la batería de su móvil. Dependía de Álvaro, su salvador.

Los clientes del pub habían ido marchándose, la calle estaba vacía. El encargado del local salió un momento:

—Voy a cerrar la puerta, pero me quedaré dentro. ¿Prefieres esperar ahí fuera? ¿Quieres entrar conmigo? He oído que has perdido la llave. No eres de aquí, no sabes volver al hotel...

La voz del hombre sonaba bondadosa, quizá demasiado. No se fio y le dijo que esperaría fuera. Le daba miedo entrar, tal vez el peligro no estaba en la calle, sino dentro. Además, Álvaro no podía tardar...

Álvaro... Se llamaba Álvaro, y ella Leonor. Ahora había caído en la coincidencia. Sus nombres eran los de los protagonistas de *Don Álvaro o la fuerza del sino*, la pieza de teatro del duque de Rivas que ella había tenido que leer para escribir un artículo sobre los componentes misóginos de los héroes románticos. Un poco plasta, por cierto. Además, él vivía en Sevilla, en la calle del autor... «¡Sevilla, Guadalquivir! / Cuán atormentáis mi mente / ¡Noche en que vi de repente / mis breves dichas huir!...» Se acordaba de estos versos de la obra... «¡Sevilla, Guadalquivir!... ¡Noche en que vi de repente/ mis breves dichas huir!» Según como se mirara, eso le había estado a punto de ocurrir a ella, perdida y sola, lejos de casa.

V

Álvaro no llegó en un taxi, sino en un coche que, según le dijo tras bajarse a saludarla, había alquilado para poder moverse mejor por Saint Louis y los alrededores.

—Contar con un coche en Estados Unidos, es imprescindible, aunque sea por pocos días, como ahora. Yo siempre me busco uno.

—¿Has venido a participar en un congreso?

—Vaya, ¿cómo lo sabes?

—Si eres ingeniero aeronáutico y hay un congreso de la NASA aquí...

—Buena deducción, cariño.

Leonor se acababa de poner el cinturón y él se estaba atando el suyo.

—¿Han sido interesantes las ponencias? —preguntó ella para ser amable.

—¿Ponencias? ¿Qué ponencias?

—Las del congreso, claro.

—Ah, bueno, sí, por supuesto.

—Sabes ir a mi hotel, ¿verdad? ¿Es en esta dirección?

—Sí.

—¿Me das la tarjeta, por favor? Tengo curiosidad por saber en qué calle está mi Holiday Inn, no sé cómo he podido perderme...

—No eres la primera a la que le pasa, cariño. Muchas chicas se pierden.

—¿Me das la tarjeta, Álvaro, por favor?

—Cuando lleguemos.

—Pero ¿tú sabes dónde queda el hotel?

—Claro, cariño, pero antes daremos una vuelta. Te enseñaré Saint Louis, tomaremos una copa en mi apartamento y te daré de cenar. No has comido nada.

—Sí, no tengo hambre, estoy muy cansada. Por favor, llévame al hotel ya.

—No antes de que pruebes mi pirámide de carne picada. La que yo preparo es mejor que la del Alvar's Bar, puedes estar segura. Le falta pimienta, hay que echarle más pimienta...

—Mañana me convidas. Esta noche no, por favor, llévame al hotel. Por favor. Estoy muy cansada. Por favor, por favor.

—No sé dónde está tu hotel, Leonor. Lo siento.

—La llave, la tarjeta que te dio el camarero, la dirección viene impresa en el pequeño sobre que...

—¿De veras crees que el camarero me dio tu llave?

—¿No? ¿No te dio mi llave? ¿Me has engañado?

—Te la quité yo del bolsillo, metí la mano por si había dinero. Ando mal, como tú.

—Te doy todo lo que llevo y en el hotel tengo bastante más; si vamos allí te lo daré todo. No le diré nada a nadie, te lo juro. Pero por favor, por favor, estoy muy cansada...

—Eres muy poco precavida, Leonor. Deberías aprender de Misako y de Linda, no se habla ni se brinda con desconocidos y menos aún se les llama para que te salven... Has sido tú la que me has pedido ayuda, no lo olvides. ¿No sabes que las chicas no deben andar solas de noche? ¿Nadie te lo ha advertido, pequeña...?

—¿Adónde me llevas?

—A cenar la pirámide. Lo del huevo en la punta me sale bordado, ya verás...

Leonor, aterrorizada, hecha un ovillo, se había pegado a la puerta del coche. El hombre conducía a gran velocidad saltándose los semáforos, tal vez porque había imaginado que ella se tiraría del coche en marcha en cuanto pudiera, aunque se arriesgara a morir atropellada.

Desde el momento en que intuyó que no lo convencería con súplicas, Leonor trató de concentrarse en las posibilidades que tenía de escapar, que le parecían nulas. El tipo era alto y fuerte. Sin duda un delincuente. Acababa de darse cuenta de que el coche era robado. No había ninguna llave en el contacto, había sido puenteado. En silencio, repasaba mentalmente cómo podría defenderse cuando la atacara y lo único que le pareció útil fueron los afilados tacones de los zapatos que seguía teniendo en la mano. Los agarró con fuerza.

El coche se había ido alejando del centro y rodaba ahora por una carretera secundaria cerca del Mississippi. Leonor estaba cada vez más aterrada. Acabaré en el río, se decía, me violará, me matará y me tirará al río. Nadie sabrá qué pasó. Tal vez no encuentren nunca mi cadáver...

—No. No, por favor. No quiero morir. ¡No me mates, por favor, por favor! —gritó de repente.

—Todas pedís lo mismo —aseguró él con infinita calma—. Ninguna me ha dejado de suplicar «No me mates. No, no me mates...».

Leonor, sin poder contenerse, sollozaba muy bajito. Él, de pronto, comenzó a cantar una canción estúpida, con un tono de voz que pretendía remedar el de una mujer:

—No me mates / con tomate... No me mates / con tomate, / mátame con bacalao... Te mato con hamburguesa / pirámide especiado. ¿Te ha gustado? El final es mío, profesora. Eres profesora, ¿verdad? Como tu amiga, la china. ¿Qué nota me das?

Leonor ni siquiera contestó. Está desquiciado, es un loco. No puedo dejar que me mate, tengo que luchar, defenderme. En cuanto estemos a punto de cruzarnos con otro coche, lo atacaré yo, provocaré un accidente. Los que vengan tendrán que pararse, al menos llamar a la policía. El oído es muy sensible, le hundiré el tacón en el oído...

Pero por el momento la carretera seguía oscura, alumbrada tan solo por las luces del coche robado.

—Ya falta poco —dijo él de pronto—. Gran pirámide de carne picada con cerco de patatas... —Y soltó una carcajada.

—El horóscopo asegura que es mi día de suerte —dijo ella de pronto, y añadió, pensando que tal vez eso lo ablandaría—: «Un encuentro fortuito puede dar un rumbo distinto a su vida».

Por una vez, el horóscopo acertaba. Venían dos coches en dirección opuesta. Estaban cerca. Quizá no tendré otra oportunidad, se dijo Leonor, y poco antes de cruzarse con ellos con toda su fuerza clavó el tacón en la oreja de Álvaro, que se defendió descargando sobre Leonor un brutal puñetazo a la vez que soltaba el volante. El coche se empotró contra un árbol.

La policía y las ambulancias no tardaron en llegar, avisadas por los conductores que se habían parado para tratar de auxiliar a los heridos.

VI

Cuando, doce horas después, Leonor recobró el conocimiento, no recordaba qué le había ocurrido. Misako, que estaba a su lado, prefirió no contarle lo que sabía: había tenido un accidente junto a un peligroso violador y asesino que ahora estaba detenido. Le contó solo que el tipo con quien habían compartido mesa le había robado la cartera a Linda, y días antes a un ingeniero de Sevilla, Álvaro Bustamante, que estaba de paso por la ciudad para participar en un congreso de la NASA.

Álvaro Bustamante, el de verdad, el doctor ingeniero aeronáutico cuya identidad había suplantado el tal Tedi Vargas —venezolano de origen, viejo conocido de la policía de su país, apodado el Labias por lo bien que se desenvolvía para atraer a sus víctimas— le había mandado a Leonor un precioso y enorme ramo de rosas amarillas que las enfermeras habían puesto frente a su cama para que le alegrara el despertar.

AVE Madrid-Barcelona, diciembre de 2018

Tierra hostil.
Una mujer viajando sola

Jana Leo

JANA LEO (Madrid, 1965) es doctora en Filosofía y Letras, máster en Teoría del Arte y Estética por la Universidad Autónoma de Madrid y máster en Arquitectura por la Universidad de Princeton, en Estados Unidos. Fue profesora de proyectos y de conceptos avanzados en Arquitectura en la Universidad Cooper Union en Nueva York durante siete años. Es autora de *El viaje sin distancia. Perversiones del tiempo, el espacio y el dinero ante el límite en la cultura contemporánea*. En *Violación Nueva York*, traducido en 2017 y publicado como *Rape New York* por Book Works, Londres, en 2009, y por Feminist Press, Nueva York, en 2011, dibuja el estado mental de una violación revisando los mitos de la misma y analiza el trasfondo de la agresión sexual, los vacíos en el sistema judicial y la relación entre gentrificación, desalojo y violación. En 2018 prologó la edición española de *No es para tanto. Notas sobre la cultura de la violación*, coordinado por Roxane Gay.

1. *Autostop*

Es mediodía y estoy en la carretera. Mientras hago dedo recorro mentalmente los días que llevo fuera de casa: salimos de la estación de tren de Príncipe Pío, yo y tres compañeros del instituto. Cogemos el tren nocturno en dirección a Vigo. Es mi primer viaje largo sin familia. Tomamos un barco y llegamos a las islas Cíes, donde acampamos durante una semana. Los tres primeros días no hago más que dormir en la tienda oyendo el sonido del mar. Acabo de terminar el instituto y de pasar la selectividad. Estoy agotada. El resto de los días veo las puestas de sol desde los acantilados y me baño desnuda en la playa. Como pan con cebolla, y al anochecer bebo vino de Ribeiro. Dejamos las Cíes y nos movemos a dedo por Galicia, sobre todo en camiones. Llegamos a Santiago de Compostela, donde pasamos la noche al raso, en los bancos de piedra de la plaza de la catedral. A mitad de la noche, nos intentan robar y me despierto. Decidimos dejar la ciudad y separarnos. Andamos juntos hasta la salida de la localidad, y allí cada uno toma su rumbo. Yo voy hacia León.

Llevo una mochila de tubo que he comprado en el rastro y unos pantalones que me he hecho yo misma a partir de un mono azul de mi padre. Voy sin saber qué comeré ni dónde dormiré. Compartíamos tienda, y al separarnos solo tengo mi saco.

Para un camión. «Voy en dirección a Orense», digo. La conversación es escasa; el hombre no me resulta simpático, ni yo a él. Al rato, el camión sale de la carretera general. No hay razón para desviarse, he estudiado muy bien el mapa antes de separarme de mis amigos. En la bolsa de mano tengo una navaja. Pongo la bolsa en mis rodillas y la toco a través de la tela. Llegamos a una zona de cultivos, creo que es maíz. El camión coge un segundo desvío hacia lo que parece un granero abandonado. Es cuesta arriba y hay una curva; al tomarla el camión reduce la velocidad, abro la puerta, tiro la mochila y salto agarrada a mi bolsa. Caigo en un terraplén. Es una zona de difícil acceso. El camionero, de unos cincuenta años, no está en muy buena forma y quizá prefiera no seguirme. Me he hecho daño en la muñeca al caer, tengo raspaduras en los brazos y un corte en la mano derecha que me hecho con una piedra, pero he evitado un golpe en la cabeza y creo que puedo andar. Sin levantarme, sigo rodando por el suelo hasta llegar al campo de maíz, donde me escondo. Desde donde estoy, no veo el camión, no oigo el ruido del motor, lo cual indica que sigue parado. Busco la navaja y me quedo muy quieta. Oigo ruido de piedras rodando. No sé si el hombre ha bajado y viene hacia mí o si me está tirando piedras para que salga. Sigo así un rato. ¿Seré capaz de usar la navaja? «Al darse cuenta de que no es tan fácil como él había pensado, quizá desista y se vaya», pienso.

Al rato, oigo que el motor se pone en marcha. Abro la mochila. Llevo alcohol y unas gasas, me limpio la herida y me pongo un pañuelo enrollado. Estoy en mitad de un campo de cereales, sin nadie alrededor, sin teléfono, sin saber qué hacer. Lloro. Los días anteriores nos movíamos a dedo sin problema. «Esto me pasa por ser mujer.» me da miedo salir, pero no me puedo quedar allí; tengo solo unas horas; se hará de noche. Debo buscar una carretera, pero no quiero desandar lo que he avanzado en el camión. Ando en otra dirección por mitad del campo durante un par de horas. Llego a un camino rural y allí espero. Me planto en la carretera y paro el primer coche que viene.

Es un Citroën viejo de color gris. Estoy temblando. ¿Será de nuevo un hombre verdugo? Es joven, tiene el pelo largo y los ojos azules. Le pregunto adónde va; no habla español, es francés. Me dice que va adonde yo tenga que ir. Le doy el nombre del pueblo de mi amiga y saco la libreta con el dibujo que había copiado del mapa. No intercambiamos más palabras. No le cuento nada. Arranca el coche.

Al rato, me dice que viene de un pueblo de Francia y comenta algo de lo diferente que es respecto del paisaje que vamos viendo. Sus palabras me relajan. La luz va cayendo. Paramos a dormir porque está cansado de conducir, y me dice que por la mañana me llevará al pueblo. Dormiremos en su coche, los asientos de atrás se abaten y se hacen cama. Es Galicia, las noches son frías. Paramos en una zona tranquila. Él lleva agua y algo de fruta. Busco en la mochila mi saco de dormir y lo extiendo. Se ha acostado vestido, y yo también.

Tendida en el coche dentro del saco con la bolsa de almohada, me tumbo en sentido contrario a su cabeza. Ahora estoy segura. Las lágrimas se deslizan por mis mejillas, me controlo para no hacer ruido. Él me da las buenas noches. Dejo de llorar e intento relajarme, pero no es posible, no es miedo lo que tengo ahora, sino deseo. Lo deseo a él. Durante las horas que he estado en su coche, he mirado sus manos en el volante, su perfil, sus ojos con chispa. Ahora imagino sus ojos recorriendo mi cuerpo. Pero sus ojos no me han mirado desde que monté en su coche. Él se ha comportado exactamente como cualquier persona con compasión lo habría hecho: con precaución y guardando las distancias.

La cercanía de su cuerpo me impide dormir, el coche parece una bóveda donde el eco me devuelve intensificada su respiración. Él está compartiendo su coche conmigo, me está haciendo un favor; no es momento para flirtear. Imagino sus labios en los míos, sus manos acariciándome la cara y el cuello, luego el vientre, los muslos. Es de noche y estamos en el campo; desde el coche veo las estrellas. Aprieto las piernas para no excitarme más. Miro las estrellas. Empiezo a seguir su respiración. Las respiraciones de ambos se van haciendo más lentas y profundas hasta que nos dormimos. En unas horas, paso de temer a un hombre a desear a otro.

A la mañana siguiente me deja en el pueblo. Por la noche, durante las fiestas, en un pajar, un amigo de mi amiga me viola. No digo nada.

2. Sandía en Berna

Entro en la casa. Tiene dos pisos, las habitaciones están arriba y todas dan a una estancia grande donde está la entrada y de la que sale la escalera. No le he preguntado con quién vive. No vive con familia, parece que son sus compañeros de piso. Los llama. A mí me da igual, yo solo voy a dormir en el sofá. Es un sofá grande de terciopelo rojo. Junto a él, en la mesa, hay una sandía enorme, muy verde, en una bandeja de plata. Miro hacia arriba: hay tres hombres de pie en el balcón que da a la sala. Uno a uno dicen sus nombres y yo les digo el mío. Ninguno habla español. Pero yo hablo el idioma de sus ojos. Me doy cuenta de lo que se avecina.

—Deja la bolsa aquí.

Sin moverme, vuelvo a mirar la sala, la sandía. Me he fijado en que en la bandeja hay un cuchillo de cocina. Cojo la sandía y la lanzo contra la persona que me ha traído y estalla en el suelo. En ese momento de confusión agarro el cuchillo, lo levanto y andando hacia atrás abro la puerta de la calle y salgo corriendo. Es una zona deshabitada. Corro por la acera cerca de la carretera. Corro sin parar con el cuchillo en la mano hasta que no me quedan fuerzas. Oigo el sonido de un coche, ¿me siguen? Corro más, pero es inútil, se acercan a mí. Miro atrás: no es el coche que me ha traído, veo que es una pareja. Seguramente, al verme corriendo con un cuchillo en la mano han pensado que estaba loca o que me había pasado algo. El coche para a cierta distancia.

—¡Ayuda! Eran cuatro, estaban a punto de hacerlo, por favor ¡ayúdenme! Un hombre me ha llevado a su casa donde me iba a dejar que durmiera y yo le he tirado una sandía. ¡Ayúdenme!

Me preguntan si quiero ir a la policía. Todavía tengo el cuchillo en la mano. La palabra «policía» me vuelve a crispar. Lo tiro al suelo. Me recomiendan volver a la estación. La estación, por la noche, tiene una zona protegida para los viajeros.

—Te llevamos allí —me dicen.

Monto en su coche.

No ha pasado nada, pero sí ha pasado algo. He visto las miradas de los hombres diciéndome que estaba en sus manos y que me usarían hasta que estuvieran satisfechos. La mirada del hombre verdugo es transparente, es una parte tan ineludible de nuestra cultura que casi puedo ver cómo se traduce en actos: me agarran del pelo y arrastran mi cabeza a su pelvis, me meten la polla en la boca. Me azotan las nalgas, me abren el culo como el que pela un plátano y me desgarran el ano. Me penetran empujando fuerte, se siente como un taladro. Me penetran uno a uno. Primero un turno, y luego repiten. Lo hacen dos veces, una para descargarse y otra para recrearse en la excitación que les produce ver a los otros y hacerme sufrir. Me follan de pie y a cuatro patas, se corren dentro de mí con furia. Me pegan en la cara hasta que me ciegan y no pueden ver mis ojos pidiendo clemencia. Después se van a cenar y me encierran en uno de los cuartos para usarme más tarde. Discuten si me van a dejar en el sótano unos días o si me matan esa noche en caliente. Planean qué van a hacer con el cuerpo. Acabo de llegar a la ciudad, soy una aventurera. Nadie sabe que estoy en esa casa. No tengo familia en Berna. Nadie denunciará mi desaparición. Ellos se encargarán de que yo desaparezca. Muerta o superviviente, seré un trozo de carne, anularán mi voluntad, dejaré de ser humana, borrarán mi ilusión y mi confianza en los demás, mi sonrisa, mi deseo de vivir.

Al cabo de un rato, la pareja que me lleva me deja en la estación. Vuelvo a la misma sala donde había estado hace unas horas en la que podría haber sido la última noche de mi vida. Empiezo a escribir:

Un viernes de abril de 1984. El tren llega con retraso a Berna y sé que es tarde para ir al albergue en el que tenía pensado dormir, pues cerraba a las ocho. Me quedo en la estación pensando qué hacer. Un hombre que está recogiendo los restos del suelo y cambiando la bolsa de las papeleras pasa cerca de donde estoy. Le hablo en el poco alemán que sé. No me entiende, le pregunto en inglés y luego en español.

—¿Sabes dónde puedo cambiar para llamar por teléfono?

—Yo también soy español.

Me indica dónde y cómo hacerlo y me acompaña a las cabinas telefónicas. Se queda limpiando alrededor. Llamo a mi madre, le digo que he llegado bien y que voy a dormir en un albergue.

La estación se sigue vaciando, soy la única persona en la sala. Se acerca.

—¡Todavía estás aquí!

—Sí, el albergue al que iba está cerrado y no puedo pagar un hotel.

—Te puedes venir a mi casa.

—¿Estás seguro? ¿No será molestia? Te lo agradezco mucho.

—Espera a que acabe mi turno a las once y te vienes.

Mientras tanto busco las taquillas donde guardar el equipaje y dejo la mochila y casi todo lo que llevo en la bolsa de mano, salvo las cosas importantes y lo que necesito para pasar la noche. Me siento en la sala de espera a leer. No puedo leer. Sin duda, irse a casa de un desconocido por la noche es arriesgado. No lo conozco de nada, ¿por qué me va a hacer un favor? Es un compatriota, ya, pero ¿acaso va a invitar a dormir a todos los españoles que lleguen a Berna? Pero ¿cuántos españoles llegan a Berna? Los españoles se van a Londres. Tiene un físico normal, no es llamativo en ningún sentido, es delgado, huesudo, más bien feo. ¿Le cuesta conocer chicas y por eso me invita a su casa? Es posible que le cueste conocer chicas, pero no creo que tenga malas intenciones; sé dónde trabaja, es el limpiador de la estación, sencillamente me está echando una mano, es bueno conocer gente sin más. Bueno, sí, lo de conocer gente nueva suena bien, pero para una persona en circunstancias normales, no para un inmigrante que limpia la estación del país más rico y más clasista del mundo. Seguramente para él todo cuesta demasiado y no tiene espacio en su vida para la amabilidad. Querrá un pago por dormir en su casa, en carne. Pero no parece un aprovechado; de hecho, fui yo quien le pregunté si tenía cambio en monedas, él no se acercó a mí. Puede ser solidario, sin más, con alguien que se encuentra, como él, fuera de su país y que va a buscar trabajo. No me parece el tipo de persona solidaria; es correcto, pero no enrollado, y tiene algo seco en la forma de hablar. Pero es viernes por la noche y quién sabe cuántas horas lleva en la estación limpiando el suelo.

Cuando acaba el turno, viene a buscarme en ropa de calle. Tiene diez años más que yo, rastros de una vida nada amable. Le pregunto cuánto tiempo lleva allí y qué tal se vive.

—Bien, cuatro años.

—Yo quiero ver un poco de mundo antes de ponerme a estudiar. Un amigo me había hablado de esta ciudad y de un lugar económico para dormir.

No le digo que debo buscar trabajo. Yo solo quiero un lugar para pasar la noche. Él responde a lo que le pregunto, pero no inicia una conversación. Tras un breve intercambio, me mantengo en silencio. No me siento muy cómoda, pero él estaba saliendo de su lugar de trabajo y me está haciendo un favor.

Nos dirigimos a un aparcamiento. Allí va hacia un coche y lo abre. Subo. En pocos minutos salimos de la ciudad y entramos en una autopista. Cuando veo que el coche entra en la autopista, siento los nervios en el estómago, un nudo, empiezo a sudar, tengo vértigo. La idea de alejarme del centro e ir al extra-rradio de la ciudad me da miedo. Fuera del centro no tengo control de nada, no sé dónde estoy, es mi primer día en esta ciudad, en este país, no hablo su lengua, estoy en las manos de este hombre y él lo sabe.

—¿Vamos muy lejos?

—No.

3. Noches de albergue

Me despierto. Estoy durmiendo en la litera de arriba. Alguien intenta subirse encima de mí. Sin mirar quién es, me doy la vuelta y empujo con mi cuerpo a esa persona, que se va. No sé quién es. Es algo que ocurre todas las noches. Unas veces es la misma persona, y otras, una distinta. La habitación está oscura, hay unas veinticuatro camas. Mi cama está en una hilera del medio. Soy la persona más joven del albergue y una de las pocas mujeres. Me vuelvo a dormir y, de nuevo, alguien viene a mi cama, se agarra e intenta trepar, su cuerpo es pesado. Es una persona diferente, vuelvo a empujar, cae como un saco lleno y se queda en el suelo, roncando. Seguramente ha bebido. No quiero gritar, echarían a esas personas de allí o quizá me echarían a mí. Ellas pertenecen a la ciudad, yo no. Estoy empezando a no aguantar más, no sé cómo salir de la situación en la que estoy. Por la mañana veo cómo la policía recoge a un mendigo en la calle principal y lo mete en el furgón. Eso explica que no haya mendigos en Berna: los esconden. Yo estoy en uno de sus escondites, el otro es la cárcel. La persona que se ha caído consigue levantarse y vuelve hacia mi litera, me agarra los mofletes y me besa; le (o la) empujo y se vuelve a caer. No sabía que iba a ser así. En realidad, no sabía cómo iba a ser. Mentalmente, recorro los pasos que debo dar. Ya he puesto carteles en las facultades para intercambiar clases de español por alemán; en varios centros comunitarios, he mirado si buscaban a alguien para cuidar niños o para limpiar y no hay nada, parece que lo llevan agencias. Quizá tenga que poner un cartel del tipo «Me gustan mucho los niños», pero sin pedir trabajo directamente. Son como las cuatro de la madrugada, estoy muy cansada y tengo que dormir. La persona que intentó subir la primera vez vuelve a hacerlo, huele a alcohol, aunque está prohibido en el albergue. Intento empujarla, pero forcejea; «Por favor, por favor, por favor, déjame dormir», digo suavemente. Se baja. ¿Y qué hago aquí? Sin duda, mi vida era mucho mejor allí que aquí. Aquí no estoy viviendo, sino aguantando; pero yo buscaba otro mundo, en aquel no tenía lo que quería: termino el instituto y apruebo la selectividad. La cola del paro da la vuelta a la manzana. Vivo en un piso con varias amigas. Doy clases particulares, cuido niños y hago de modelo en escuelas de fotografía y pintura. Madrid está en plena movida madrileña y yo acabo de descubrir Chueca, salgo todas las noches y me divierto mucho, pero no veo futuro. La sociedad cerrada y la falta de empleo me resultan cargantes. Además, me había alojado bajo las alas de mi mejor amigo, pero este se acababa de enganchar al caballo. «Déjame respirar. Venga, bájate, vamos, déjame dormir.» El hombre al que había pedido por favor que me dejara tranquila ha vuelto a subirse encima de mí. Tenía que buscarme a mí misma y aquí estoy. Le vuelvo a decir que se vaya. Está empalmado. No le empujo porque no puedo, pero muevo rápido los brazos y las piernas para incomodarlo. Por fin se baja. Rompo a llorar. Llevo todo el día deambulando por la ciudad como otro día cualquiera, tengo mi rutina. Pero hoy ha sido un día especialmente duro: hacía mucho frío, no paraba de llover y la biblioteca no abrió hasta las once, algo inusual, y hoy no funcionaba la calefacción. He pasado allí unas horas estudiando alemán como todos los días, hoy era la única persona en la biblioteca; sobre las tres me han dicho que tenían problemas, que cerraban y tenía que irme. He ido al supermercado y he comprado algo de comer. En la sala de espera de la estación no me puedo sentar porque la policía me echa si no tengo billete y no quiero comer de pie allí para no levantar sospechas. He ido al aparcamiento y me he comido de pie un trozo de pan con queso, resguardada por la marquesina del edificio central. Hago todo lo posible para no vivir como un vagabundo, aunque duermo en el albergue de mendigos. Como todos los días, voy a la taquilla de la estación donde dejé la mochila el primer día y cojo ropa limpia. Me cambio en el baño y, por la noche, al llegar al albergue, me lavo la ropa y la voy secando sobre la calefacción hasta que es hora de irse a la cama. Siempre miro alrededor para ver quién friega el suelo. Empiezo a pensar que el español que me llevó a su casa no era un asalariado, sino que hacía trabajo comunitario como pago de alguna falta que cometió. El hombre que se había subido encima de mí y que estaba empalmado vuelve, se queda al lado de mi cama, de pie. Está fumando, y bebiendo; con la luz del cigarro veo sus ojos azules y la barba de unos días. Después, he andado por la ciudad para hacer tiempo y ejercicio hasta la hora de apertura. A las seis ya estaba en la cola. Nada más entrar, la gente ha ido a comer, porque hay té y pan con mantequilla y mermelada. Yo he ido al baño. Hay una sola bañera con una cortina transparente en una habitación cercana a la cocina. Para ducharse uno tiene que exponerse, lo sé, pero me ducho todos los días, no porque quiera exponerme, sino porque quiero ducharme. El momento de la ducha me hace olvidar dónde estoy. El hombre da la última calada al cigarro y aplasta la colilla contra el borde metálico de la cama. Rodea la litera, se sube por detrás, me agarra los brazos, se enrosca en mis piernas. Ya no tengo fuerzas para decirle nada. Él lo sabe; que me folle, se vaya y me deje tranquila; no le digo nada, se lo dice mi cuerpo. Sigo llorando, oye mis lágrimas, aprovecha mi debilidad, me embiste rápido, se corre y se baja. Tengo que salir de aquí. Sigo llorando hasta que me quedo dormida. Nos levantan a las siete, otra vez hay té, café y pan con mantequilla y mermelada. El té es mi única comida caliente. A las ocho estamos en la calle. La ciudad está despierta, todo el mundo corre de un lado para otro; yo no tengo destino. Doy un paseo y espero a que abran la biblioteca a las nueve. Hace más de un mes que estoy en Berna.

4. Una guerra de clases y géneros

Si se piensa en la lista de las cosas que una mujer ha de hacer para que no le pase nada, quizá se esperaría ver: no viajes sola, nada de ir a sitios lejanos, y menos al Tercer Mundo, y si lo haces, que todo esté controlado: no te quedes sola en un camping, reserva un sitio para dormir, no se te ocurra irte a casa de un desconocido ni hacer autostop. Pero no se esperaría leer: no salgas a dar un paseo por el campo, nada de hacer ejercicio al aire libre, no cruces un puente, no cojas el ascensor, no bajes la basura. En definitiva, si eres mujer, no entres ni salgas de tu casa.

La primera vez que un hombre me asalta sexualmente es en el portal de la casa de mis padres. Yo tengo quince años. Mi gran aventura es bajar la basura. Si esto me pasa aquí, qué no va a pasar fuera. Si esto me pasa sin salir de casa, que me pase lo que me tenga que pasar fuera. Lo que me ocurre no tiene nada que ver conmigo, y por ello no hay razón para modificar mi inclinación natural: lanzarme a la vida.

Estamos en guerra. En la guerra de los sexos, como en cualquier otra, se abusa, se tortura y se mata no por lo que se hace, sino por lo que se es (mujer). Mientras la sociedad culpabilice a la víctima en lugar de educar al potencial agresor, lo que me ocurra a manos de otros poco va a tener que ver con lo que yo haga, con mi forma de vestir, con mi actuación.

En los relatos que escribo aquí cuento lo que es viajar para una mujer, como turista o como inmigrante, a través de tres episodios. No tengo medios, pero quiero mi libertad. Soy mujer, viajo sola y con recursos limitados. Es una guerra de sexos, pero no solo: también lo es de clases. Ser mujer y pobre supone más posibilidades de sufrir violencia. La latitud en el riesgo y el inconformismo también suman puntos. En la discusión sobre los elementos (género, clase, riesgo) que intervienen en la violencia contra la mujer se suele eliminar la clase, el componente económico. En general, el que agrede lo hace porque puede. Busca sexo, no poder. Pero tener poder —influencia, medios o control sobre una persona— facilita que la agresión se produzca. Ricos y famosos agreden porque, a menudo, se pueden salir con la suya. En lugares donde conviven todo tipo de personas (universidades, trabajo, campings, etcétera) se agrede al que se tiene cerca sin que la clase social sea determinante, salvo cuando el estatus del agresor es alto, pues este suele sentir que tiene más derecho a hacerlo. Entre desconocidos, las víctimas con pocos recursos están más expuestas, y los hombres verdugo están ahí para aprovechar la oportunidad.

Como ejercicio —y con esta perspectiva de clase en mente—, releo un artículo del 19 de diciembre de 2018: «Una Caperucita en cada generación. Los treinta años de historia reciente de crímenes sexuales contra las mujeres fijan el relato sobre qué temer y cómo evitar el peligro». Leo también los enlaces que Noemí López Trujillo ha incluido de cada persona y observo lo siguiente: Miriam García, Toñi Gómez y Desirée Hernández, «las niñas de Alcàsser», 1992, hacen autostop para ir a la discoteca de un pueblo cercano. Rocío Wanninkhof, 1999, sale de noche para ir a la feria de Mijas, y Sonia Carabantes, 2003, también sale de noche. Parece que el asesino de ambas las recoge en la carretera. Marta del Castillo, 2009, sale con su novio-agresor, que es «un chaval de barrio sin apenas instrucción académica». Diana Quer, 2016, «desapareció cuando estaba de fiesta en su pueblo de veraneo». Chicas sin coche para ir de fiesta, pero que van. Parece que desde 1992 hasta 2016 no hay transporte público para ir al pueblo de al lado. ¿Por qué? Las mujeres no pueden salir de fiesta ni andar por el campo. Laura Luelmo, 2018, es una profesora que acaba de alquilar una casita en un pueblo y «desaparece al ir a correr como hacía habitualmente». Hay vigilantes forestales contraincendios. Pues habrá que poner vigilantes urbanos y rurales contra violaciones.

Ninguna de las mencionadas en el citado artículo es de entornos acomodados. Son chicas normales, y/o mujeres trabajadoras. No incidir en el elemento económico al hablar de la violencia de género es dar por sentado que sobre la violación no se puede hacer nada. Como si que te violen y te maten fuera una lotería. Unas veces lo es, y otras, no. Hay malas yerbas y nuestra tierra es hostil. Este vacío, el de la vulnerabilidad de la clase social en la violencia de género, no se ha abordado de manera frontal. Los asaltos sexuales en fiestas, carreteras y descampados tienen que ver, en parte, con la falta de independencia en la movilidad, y las violaciones o asesinatos en lugares al aire libre, con la falta de vigilancia. No se trata de que las mujeres renuncien a su libertad y se queden en casa: se trata de que la seguridad personal se contemple desde todas las perspectivas y se regule en los diferentes códigos, entre ellos, el código de seguridad ciudadana, el código técnico de la edificación y el código de urbanismo y obras. De momento estamos en una sociedad negligente y, por tanto, cómplice con el agresor.

Son tan necesarias las campañas de concienciación como crear espacios seguros. Si la sociedad rechaza realmente la violencia machista y la agresión sexual, ha de tomar medidas concretas para evitarlas en lugar de manejar vaguedades. ¿Por qué no hay autobuses de línea para ir a la discoteca o a las fiestas de otros pueblos? ¿Por qué no hay casetas de la EMT en los finales de las líneas de los autobuses nocturnos en Madrid? ¿Por qué no hay un reglamento básico sobre la seguridad en los portales? ¿Por qué los parques no son seguros? Una posible respuesta es que esas medidas no afectan a la población con alto poder económico.

La definición del otro en términos económicos facilita su concepción como una propiedad, lo que en términos sexuales implica ser un objeto de placer. El machismo está unido a la ideología del capital: uno es lo que tiene. Cualquier aproximación sincera a la violencia machista debe desarticular el sistema en el que esta se integra; eludir los canales en los que esa violencia prospera.

Una de las razones por las que sigo escribiendo sobre agresión sexual es para reivindicar la independencia de la mujer, pero hay otra razón: la importancia del sexo. No puedo tomarme el sexo con ligereza. Es una de las mayores fuerzas de la vida. Negarla puede provocar su uso de una forma inapropiada y hasta criminal, o llevarnos a vivir una existencia anodina.

Sé lo que es tener el sexo en la piel, los ojos brillantes y sentir las piernas líquidas. Sé lo que es andar entre algodones, con el coño dolorido, después de hacer el amor durante horas. Sé lo que es sentir al otro y desear hasta la rabia cuando no se tiene. Te siento tanto que retumba el eco de nuestros órganos en la habitación. Tú y yo enroscados a la luz del día sin que haya un mundo ahí fuera, nada que queramos ver ni que necesitemos. Tú y yo sin hambre y sin sed, lamiéndonos la sal. Horas en la cama sin que la eyaculación sea el final de nada. Mi cuerpo, un instrumento musical para tus dedos. Mi lengua en todos tus pliegues. Todos mis esfínteres inflándose, llamándote. Cada trozo de mi cuerpo perdiendo sus límites, viviendo en tiempo presente.

Sé lo que es no sentirse querida ni deseada. «Nos lo pasamos bien sin follar, ¿verdad? No todo tiene que ser follar. Todo lo que quieres es una polla», me dices cuando protesto por un abrazo dado con desgana. Irse al otro lado de la cama y dormir dando la espalda. Las noches en pareja en las que tu cuerpo está al lado del mío sin entrelazarse, ambos hieráticos, tiesos. Sé de las cenas románticas donde uno no mira ni dice palabra y la mesa está ahí para evitar que en la cercanía de los cuerpos se muestre su incomprensión. No, yo no me lo paso muy bien sin follar. Siento agujas en el estómago y tengo todo el cuerpo tenso. Se me han encogido los hombros de no sentirme deseada. Con el tiempo, si no hago algo para parar esto, empezaré a beber y a tomar somníferos para que sean más llevaderas las noches sin hacer el amor. Mis días se volverán amargos sin la compasión que me da la ternura de tu carne. En pocos años tendré dificultad para moverme y mi cuerpo curtido con capas de desamor será pesado.

Estoy convencida de que muchas de las agresiones ocurren a manos de los que se han sentido rechazados, y con ellos comparto su dolor y el reconocimiento de lo importante que es el sexo en la vida. Pero los agresores no atienden a una gran diferencia: ellos toman en unas lo que otras les negaron, pero lo toman a la fuerza. Se sienten con derecho a hacerlo cuando no lo tienen. Nadie tiene derecho al sexo ni a ser amado. Es algo que se da o no se da. El dolor del rechazo es, en cierto modo, comparable al dolor del abuso. Aunque el dolor sea similar, y sus efectos puedan llegar a serlo, hay una diferencia fundamental: el control. Con el desamor no puedo hacer nada para que la persona que quiero me corresponda, pero me puedo ir. La puedo dejar. No soy una víctima. Yo no puedo aniquilar la existencia: la mía, a través de la abnegación, aceptando lo que no quiero; ni la de otros, a través de la fuerza. El coste de la determinación es, a veces, la soledad.

Sí, me gustaría poder ir tranquila por el mundo.

Nueva York, 26 de enero de 2019

Genova per noi

Nerea Barjola

NEREA BARJOLA (Santurtzi, 1980), escritora y activista feminista, estudió Ciencias Políticas y de la Administración en la UPV/EHU y es doctora en Feminismos y Género. Para escribir su tesis doctoral en 2013 se centró en el crimen de Alcàsser. El objetivo de la tesis fue resignificar el crimen de Alcàsser como una narración política de alto impacto para la vida de las mujeres, un relato sobre el terror sexual en las mujeres en la década de 1990. En 2018 publicó el ensayo *Microfísica sexista del poder. El caso Alcàsser y la construcción del terror cultural,* basado en su investigación, con muy buena acogida entre lectoras y medios de comunicación.

Marcharme a Génova fue el único acto voluntario y libre de mi vida. Viajé en avión hasta Milán, y de allí en tren hasta la capital de la Liguria. No sabía hablar italiano, viajaba por primera vez sola y únicamente llevaba una pequeña maleta para todo un año. Cogí el tren en la estación de Milano Centrale y respiré tras años de apnea. Me temblaban las piernas; se balanceaban de un lado a otro como un campo de trigo donde el viento despoja la semilla de la espiga y la libera. Me invadió un bienestar absoluto. Escuchaba Portishead. La ventanilla estaba bajada cuando el tren comenzó la marcha, el sol entraba y lo iluminaba todo: mis manos, mi cara, mis ojos... Era un ser translúcido. Me congelé. Disfrutaba de una libertad desesperada, de una felicidad que nunca me habría pertenecido si hubiera mirado atrás. Si por un instante hubiese dudado, si hubiese cedido a la representación de mí misma allí sentada, todo se habría convertido en algo escamosamente denso, gelatinoso como una certeza. Pero no lo hice; allí no había nadie, y eso me hacía sonreír sin parar. Tras varios túneles, pronto apareció el mar de Liguria, y ahí estaba, posada sobre la Lanterna de Génova, la melancólica ave marina de Virginia Woolf. Me bajé en Stazione Principe, a los pies de la Via Balbi, y eché a andar.

Si tengo que elegir entre una calle con gente y otra sin ella, mi opción siempre va a ser caminar por la más silenciosa y solitaria, la más tranquila. Siempre ha sido así. Me encanta vagar, pasear sin ningún objetivo; es algo que acostumbrábamos hacer en Génova y lo adoraba.

Sare me había regalado unos dados de diferentes colores y formas, los lanzábamos al aire y el azar decidía hacia dónde dirigir nuestros pasos dentro del laberíntico planeta de los *vicoli* genoveses.

Todas las ciudades contienen espacios articulados que limitan la movilidad u otorgan ciertas libertades; se expanden por el territorio como grandes infraestructuras binarias encriptadas en el lenguaje arquitectónico; son un cuerpo que se propaga, que nos compromete el paso, lo acelera y desacelera a su antojo, y todo esto se contiene en los muros, en las carreteras, en las construcciones más visitadas y también en las más desoladas. En un extremo del casco viejo, casi al final, se encontraba la Via di Prè, un lugar poco recomendable para pasear, sobre todo de noche. La Via di Prè era también la calle más directa en nuestro camino de vuelta a casa, y enlazaba con la sucesión de aisladas carreteras que debíamos transitar para llegar al barrio, todo un cúmulo de extremas experiencias. Sare y yo andábamos por allí abstraídas en nuestras conversaciones en las que cada palabra tenía su peso y nos mantenía a salvo, resguardadas en las cavidades de un pensamiento que no entendía de límites. No prestábamos atención a nadie, estábamos aferradas a ese suelo como un pantanal de arenas movedizas a nuestras piernas, no había una sola calle de Génova que no fuese nuestra.

La primera vez que coincidí con Sare fue en la Piazza Nunziata, y se produjo una implosión silenciosa, hubo un acuerdo milimétrico, casi imperceptible, entre nosotras, de estallido. Todo en aquel encuentro explosionaba en vida salvaje. Corríamos por la ciudad aullando nuestra verdad más instintiva. No existía nada más libre en aquel momento que nuestros cuerpos entrelazados en una ciudad que exhalaba saberes; el caos y su azahar fractálico. Nos movíamos por Génova vestidas con una escafandra muy ligera, respirando un oxígeno propio que circulaba de la una a la otra.

Compartíamos habitación en un piso alquilado en el que también vivían otras dos compañeras de facultad, e hicimos de aquel espacio un taller del Renacimiento: trabajábamos la literatura, el barro, el óleo, las matemáticas, la física; leíamos, observábamos, escribíamos... Todo parecía muy obvio, muy corriente y aburrido fuera de nuestro aquelarre. En consecuencia, no asistimos a una sola clase en todo el año.

Nos llegó la información de que venía a tocar Love —un grupo de rock estadounidense de finales de los sesenta— a una pequeña y remota sala de conciertos. Nos apeamos en una estación desoladora; tuvimos que caminar largo rato por una carretera poco iluminada y sin casas, pero, finalmente, encontramos el lugar. Cuando arrancaron los característicos primeros acordes de guitarra de «Alone Again», explotó una nostálgica locura corporal, una fotografía que justificaba toda felicidad futura. Mi cuerpo se movía en una gravedad magnética y voluble, nada lo limitaba, era un anfibio escurridizo en su sarcástica danza acuática.

El concierto acabó de madrugada, por allí no pasaban ya más trenes, pero eso no nos preocupó demasiado, simplemente nos quedamos allí, tranquilas, hablando, impresionadas por haber visto a Love en concierto, generando entre nosotras un vacío perfecto que, inevitablemente, atraía hacia sí nerviosas partículas con un único afán: molestarnos. Conocimos a unos chicos que habían ido en coche desde San Remo y que se ofrecieron a llevarnos a la estación central más cercana. Ellos eran cinco, y nosotras, dos. Bromeaban, reíamos, pusieron Love a tope y arrancamos. En ese momento recuerdo pensar en mí misma, allí sentada, como un punto inexistente en el mapa de Italia, borrando a mi paso todo rastro, toda explicación. Al poco de ponernos en marcha, uno de ellos, el más guapo y divertido, nos preguntó: «¿Habéis venido solas?». «Sí.» «¿Por este camino?» «Sí.» «¿Hasta aquí?» «Sí.» «¿Y cómo pensabais volver?» «Volviendo.» «No tiene pinta de ser muy seguro», sentenció. De algún modo, parecía que elogiaba una hazaña, pero había hostilidad en sus palabras. Introdujo, conscientemente, un aviso que apelaba a su soberanía y a un territorio que reclamaba como propio: nuestros cuerpos. De repente, la mirada cambió, y yo dejé de sonreír. Una preocupación muy leve, ligera como una pluma, me acompañó hasta que, finalmente, nos dejaron en la estación de La Spezia.

En su momento, no meditamos demasiado esta experiencia, pero es verdad que empezábamos a tener nuestras sospechas, a cuantificar, efectiva y analíticamente, el precio de movernos con libertad. Por ello, nuestras incursiones —en la acepción bélica de la palabra— se recrudecieron de manera más consciente, continuamos explorando, interrogando, viviendo experiencias que de otra manera no habrían existido. Hablo de la oscuridad.

Righi era un lugar situado en lo alto de la ciudad al que nos gustaba mucho ir. Había que subir en funicular y después se llegaba andando hasta el fuerte que lo coronaba. En una ocasión se nos hizo de noche estando aún arriba, y nos invadió una increíble sensación de bosque a oscuras. No había luna, solo nuestros pasos. No teníamos miedo, sentíamos que el aquietamiento de la montaña se acompasaba a nuestro caminar; respirábamos extasiadas, inhalábamos en cada paso un tempo que nos correspondía, los árboles y los pájaros eran nuestro péndulo. Según descendíamos, nos dio por pensar en la existencia de la luz, en cómo la oscuridad es un reflejo de captación del ojo humano y únicamente da miedo cuando es iluminada; la luz transmite por esporas el mismo metalenguaje que las carreteras de la ciudad. Para nosotras, el bosque en oscuridad era un lugar seguro y el inicio de un aprendizaje que se precipitaba de forma vertiginosa. En Génova, todo en mi anatomía estaba diseñado para alcanzar velocidad, caía en picado como un halcón peregrino sobre su presa.

La Facultad de Filosofía y Letras estaba ubicada en la Via Balbi, la primera calle genovesa que pisé. Allí conocimos a Fabrizio, un violinista de Bari que estudiaba informática. Fabrizio siempre llevaba su violín pegado a la espalda, como una extensión de su largo y frágil cuerpo. Vestía un sombrero y un abrigo negro incluso en los días sofocantes de verano. Su aspecto era de artista atormentado, bonachón, pero tras ese disfraz se escondía un acosador. Sare lo conoció en un concierto, y desde entonces él no dejó de llamarla de manera insistente varias veces al día, escribirle mensajes sin parar, componerle canciones, perseguirla, aparecer donde sabía que podía estar. No fueron pocas las ocasiones en las que Sare lloró de agotamiento. Alessio y Paolo, dos amigos de Fabrizio, decían de él que era un poeta romántico.

Me gustaba mucho sentarme en las escalinatas blancas de la Facultad de Filosofía; aquel lugar parecía un foro romano donde se discutían cuestiones más importantes que las que se daban en clase. Allí solía estar sentado Alessio jugando al Go, un juego estéticamente bonito y objetivamente perturbador, en el cual los jugadores van poniendo por turnos piedras blancas o negras sobre un tablero en cuadrícula. Tardé en comprender las normas, pero, en esencia, el Go es un juego matemático de reducción de libertades en el que las personas que juegan han de lograr controlar el mayor territorio posible y, al mismo tiempo, limitar la libertad del oponente. El juego tiene incluso un vocabulario específico, como la expresión «piedra muerta», que hace referencia a una ficha rodeada por las del adversario y que, una vez terminada la partida, como no habría tenido opciones de sobrevivir, se contabiliza como capturada. Y allí estaban todos jugando a acotar libertades de manera precisa, profesionalizándose en aquella práctica durante horas e incluso días. Alessio estudiaba filosofía, era extremadamente irónico y muy inteligente. Alardeaba de una falsa seguridad que trasmitía a través de preguntas abstractas. Así empezó nuestra amistad, con un intercambio incesante de interrogantes en los que él medía mi intelecto y decidía si valía la pena continuar. Como en el Go, meditaba cada movimiento e iba abarcando cada vez más espacio.

Por su parte, Paolo no iba tanto por la Via Balbi, pero todos lo describían como un asceta sabio y ermitaño que vivía en una casa en la montaña. Era estudiante de matemáticas, muy alto, grande, tenía los ojos azules y una melena rizada que le llegaba por debajo de los hombros. En una ocasión, unas amigas de Sare —que habían ido a visitarla—, Fabrizio y yo fuimos a pasar un fin de semana a la montaña con él. Era un paraje extraordinario y aislado: primero había que coger un tren desde Génova hasta llegar a una pequeña localidad costera, y a partir de ahí subir monte a través hasta su casa. El último tramo transcurría por el bosque. La vivienda se encontraba edificada sobre un bancal rodeado de un espectacular castañedo, y de frente, el mar de Liguria, que desde aquel promontorio resultaba abrumador. Aquella noche me mecí sobre la hermosa idea de que el mar terminaría cediendo, salpicándonos con una gran ola contenida.

En todo el fin de semana casi no hablé con Paolo, me limitaba a responder a sus miradas de una manera no demasiado efusiva; disfruté de la inquietud que le producía mi silencio. Tras aquel encuentro, Paolo se dejó ver más por la facultad. Fabrizio hacía constantes comentarios sobre el bien que yo le había hecho a su amigo, un hombre ya de por sí introvertido, con problemas para soltarse y dejar su cuerpo libre. Yo no entendía nada, pero asentía. Nos fuimos encontrando más a menudo. Percibía a nuestro alrededor un ambiente de expectación que me generaba curiosidad y sorpresa a partes iguales.

La llamada de Paolo para invitarme a cenar en su casa coincide con el viaje de Sare a Venecia. Al principio, la idea no me seduce, pero la posibilidad de conocer gente nueva en un lugar tan increíblemente hermoso como la casa de Paolo acaba por convencerme, y, al final, me acabo animando. Él me espera en la estación, muy sonriente. Lleva un hatillo sobre el hombro en el que guarda, me dice, algunos libros. Esas características de su persona(je) su voluntad de seleccionar objetos que lo definan me parecen una forma de desmarcarse del resto. Lo que me está diciendo es que un par de libros envueltos en una tela le sirven como único avituallamiento. Yo quiero creer en él, quiero que me fascine, quiero que esa representación sea verdad. Cuando llegamos a la casa quedan pocas horas de luz, así que nos sentamos en el exterior hasta que oscurece. Paolo lee poesía en un italiano precioso, y de pronto me doy cuenta de que allí no va a haber nadie más, que estamos él y yo solos. «¿Los demás no vienen?», pregunto. «No, al final no vienen», me responde. Se ríe como un niño, me inspira cierta ternura y le devuelvo la sonrisa. Durante la cena bebemos vino y debatimos sobre la importancia de los ideales, me habla de la integridad y de una generación joven poco implicada. Le contraargumento, le digo que sus afirmaciones me parecen excesivas, sobre todo en Génova, donde todavía están muy presentes las movilizaciones contra el G8 y el asesinato de Carlo Giuliani. Me interrumpe bruscamente y me dice: «No comprendo que lleves aquí sentada tanto rato y aún no te haya dado un beso. Vamos fuera, bajo las estrellas, hace una noche increíble». Francamente, resulta extremadamente duro escuchar semejante horterada, y más aturdida que serena, salgo con él al exterior. Bajamos hacia una de las laderas; él se tumba en la hierba, yo cerca, pero guardando cierta distancia, estableciendo un límite entre sus palabras y mi cuerpo. Intento continuar con la conversación, pero antes de empezar ya está besándome el cuello, tocándome la cara, respirando asquerosamente rápido. Comienza entonces una incesante lucha de manos. Le sugiero que espere, que me está agobiando. «Por qué no te relajas y te callas, déjate llevar, siente el cuerpo», me espeta, y acto seguido me inclina sobre la hierba, inmovilizándome con todo su peso. Me abraza con mucha fuerza, no hay aire allí, se me colapsa el plexo solar, no puedo respirar. Sus enormes manos sujetan mis costillas, tomo una gran bocanada de aire para expandir mi caja torácica y abrirme un pequeño hueco entre sus brazos, como sepultada bajo un alud de nieve, escapo hacia un costado y lo empujo con mucha fuerza. Paolo cae rodando colina abajo. Se queda allí sentado, mirándome, y en ese instante, en ese y no en otro, lo veo. Veo quién es realmente. Somos dos árboles: él respira agitado; yo segrego por cada poro de mi piel una sustancia al aire, como si fuera una acacia emitiendo una simple molécula en señal de alarma, invocando una atmósfera tóxica que le impida respirar, acercarse de nuevo a mí.

Subo corriendo hacia la casa sin perderlo de vista. Él se ha levantado y está muy quieto. Desde arriba es una silueta perfilada en la oscuridad que me observa fijamente, me mira con la ventaja que le da la iluminación de la casa: habría estado más segura en la oscuridad del bosque, de igual a igual. Mi cuerpo se mueve convulsivamente, estoy aterrorizada, me siento en las escaleras de la entrada y todo el suelo es un pavimento reflectante que me devuelve mi temblor diez veces aumentado. Pongo mis manos sobre las rodillas para tratar de pararlas y me dejo sentir; algo se activa, es una náusea que sucumbe a un malestar antiguo que aflora en forma de recuerdo.

Son las siete de la tarde de un día entre semana y tengo doce años. Introduzco la llave en la cerradura de mi portal, noto su aliento en mi nuca y el contacto de una mano que se aferra a mi muñeca. Me giro con la rapidez de una fiera enjaulada y la brusquedad del movimiento libera mi mano, respiro de manera acelerada, pero, al completar el giro, allí no hay nadie. Un hombre alto, delgado, con el pelo corto, se aleja por mi derecha a paso tranquilo, como dando saltitos, con una gravedad chulesca que le hace apretar la pisada contra un suelo que entiende conquistado. Me late el corazón muy fuerte, me tiemblan las manos, estoy tan confundida como asustada; lo que me inquieta de verdad es no saber qué ha sucedido, y empiezo a dudar de mí misma, el pulso acelerado y el hormigueo en mis piernas son la prueba objetiva de una imaginación que desborda realidad. Pienso en contarlo, pero ¿qué, exactamente? Y me silencio. Se despierta en mí una rabia contenida.

Mi cuerpo es un mapa de cronologías impresas, pasado y presente se unifican, legitiman mi instinto.

Paolo se sienta a mi lado con una inquietud espeluznante; él me repugna, pero percibo que tengo que convencerlo de que todo está bien y le cojo la mano. Permanecemos allí, sentados y sin hablar, durante largo rato. Finalmente me enseña la habitación donde voy a dormir, subo las escaleras como quien entra en una gruta profunda, oscura, de la cual no sabe el camino de regreso. La puerta de la habitación tiene un pestillo, pero no lo echo por temor a que sepa que le tengo miedo; no quiero hacerlo enfadar. Apago la luz y me tumbo en la cama con la mirada fija en la puerta. Le oigo moverse incesantemente por la planta baja, por el exterior. Hay mucha actividad para ser de madrugada. De pronto se oye un ruido atronador que la montaña amplifica; doy un bote en la cama, es un acto reflejo que acelera mi pánico al mismo ritmo que mi pulso; Paolo está cortando leña con una sierra mecánica. Mentalmente justifico esta acción para sobrevivir, pienso que necesita madera para mantener la chapa de la cocina encendida. Unos segundos después, todo se queda en silencio. No le oigo, ni fuera de la casa ni dentro de ella. Muevo los ojos de izquierda a derecha, aguzando el oído, tratando de localizarlo. Nada. No está. No oigo nada. ¿Qué está haciendo? ¿Adónde ha ido? Silencio. Silencio. Silencio. Cruje un tablón del suelo, un único tablón, suena muy cerca, muy suave, muy leve. Está ahí, quieto, de pie, tras la puerta de mi habitación, y mi corazón se para. Por estrategia, para pasar desapercibido, que no se note que estoy aquí, que no me vea, el camuflaje de la muerte como una técnica imprecisa de la supervivencia. En ese momento abre la puerta bruscamente y pregunta: «¿A qué hora te despierto mañana?». «Pronto», contesto. Cierra la puerta de un golpe y mi corazón reinicia su marcha.

Enseguida comprendo el sigilo de sus pasos hasta llegar a mi cuarto, el ruido de la sierra, la irrupción en la habitación sin llamar a la puerta, con un pie dentro de ella y el otro fuera, en reserva: me estaba diciendo quién mandaba. Saco mis dientes y paso el resto de la noche afilándolos.

Al día siguiente me muestro muy cariñosa, sé exactamente lo que tengo que hacer para salir de allí: le rodeo con los brazos y le beso el cuello, me habla de matemáticas mientras le busco la yugular. En todo momento nos movemos en el impreciso intervalo de la condescendencia y la aniquilación mutua. Tomamos café y emprendemos el camino hacia la estación, monte a través. Durante todo el trayecto, le río las gracias, le toco la mano, el brazo, el pelo —imagino que se lo arranco.

Cuando era muy pequeña soñé que Drácula llevaba puesta la pelliza de mi padre. Me tenía secuestrada en una casa victoriana de piedra en mitad del monte; en cuanto pude, aun siendo noche cerrada, eché a correr frenéticamente por el bosque, tratando de escapar. La casa de ese sueño —la de Drácula, al parecer— era un escenario que imagino idéntico al de la novela *Cumbres borrascosas*. A medida que nos alejábamos y la casa de Paolo empezaba a difuminarse entre los árboles, aquel lugar… Mi pensamiento era un zoótropo de emociones que giraban sobre la rueca de una sinapsis primitiva. De manera compulsiva, todas aquellas imágenes me estaban ofreciendo una única verdad. Por separado, Drácula vestido con la pelliza de mi padre, *Cumbres Borrascosas* y Paolo no despejaban ninguna incógnita, pero haciéndolos girar y observándolos a través de una pequeña rendija, ofrecían una nítida imagen en movimiento. El vampiro de Bram Stoker es la metáfora del hombre de las sombras, el que permanece escondido tras la puerta, el desconocido que espera en un callejón, el subconsciente que personifica el terror a la oscuridad, a la sangre, a la noche. Por el contrario, Heathcliff, el protagonista masculino de *Cumbres Borrascosas*, es un hombre atormentado por un profundo enamoramiento y que tortura y maltrata a su mujer en venganza por un amor imposible.

Varios meses después de mi encuentro con Paolo, coincidí con Fabrizio en la Via Balbi. Cruzamos dos palabras, él estaba impaciente por decirme algo y no le importaba si tenía o no sentido dentro de la conversación. Me explicó, con tono jocoso, que a Paolo le resultaba complicado encontrar a una chica que entendiese su energía salvaje, su amor intenso y puro, y que se dejase llevar por el cuerpo. Rápidamente asocié la imagen de Drácula a

Paolo, y a Paolo la de Heathcliff, y comprendí la estructura: hay un viento estéril —donde cualquier emoción puede incubarse sin riesgo a germinar— que me inmuniza instintivamente, que me impide confiar en mi relato, el que llevo impreso en la piel, el que me dice dónde está el peligro. Y en aquel momento habría preferido enfermar que estar sintiendo una realidad tan aterradora. Paolo era Heathcliff, pero a la vez no era Drácula, así que no había manera de identificarlo, ni a él ni a ninguno como ellos.

Cuando era una niña pasábamos muchos fines de semana en la montaña, y mi padre me había enseñado a orientarme en el bosque, proporcionándome un aprendizaje y un conocimiento indiscutiblemente transgresores. La chaqueta que Drácula llevaba puesta en mi sueño era una pelliza que mi padre se ponía para ir a la montaña, y me estaba mostrando una salida: sabía moverme en el bosque, y la oscuridad era mi aliada.

Durante todo el trayecto de vuelta, Paolo estuvo hablando sin parar de física cuántica, como si pretendiera compensar su violencia con erudición científica. A mí me irritaba por momentos. Según nos íbamos acercando a Génova me fui sintiendo más segura. Paolo, por el contrario, entraba en tierra hostil; el asedio había concluido. Comencé a responderle hoscamente, a dejar sin respuesta sus preguntas, lo miraba sin pestañear, imitando con mi ira creciente un eclipse solar, hasta quemarlo, obligándolo a bajar la mirada. Nos despedimos en la entrada de Stazione Principe y no volví a hablarle nunca más.

Ese mismo día, cuando llegué a casa, Diana, una de mis compañeras de piso, estaba desayunando en la cocina y me senté con ella a tomar un café. Me preguntó qué tal lo había pasado. Yo articulé un discurso errático, vacilante, no sabía muy bien qué trasmitir, qué contar y qué no, mi cuerpo estaba enfadado, todavía temblaba. «Pero ¿qué te ha hecho Paolo allí arriba? Estás blanca», me dijo Diana. Y me dio un abrazo espontáneo que era en realidad una mesa de interrogatorios. «Se lo voy a contar», pensé, y acto seguido dudé: ¿qué, exactamente? ¿Cómo lo explico? Y me silencié hasta que regresó Sare y se lo conté. Y después, me volví a silenciar hasta hoy.

A pesar de todo, Sare y yo continuamos haciendo de Génova nuestro hogar. Éramos papirofléxicas artesanas de nuestra propia voluntad, formábamos una bandada invernal de estorninos que, con sus acrobáticos vuelos, despistaban al depredador y bailaban la danza sincronizada de la supervivencia. Mantuvimos lejos a Fabrizio y a Paolo, y comenzamos a pasar más tiempo, sobre todo yo, con Alessio, con quien fui forjando una relación más pausada que duró todavía un año más tras abandonar Génova. De hecho, al verano siguiente de mi marcha regresé para visitar a Alessio y pasar unos días en la ciudad. Él me propuso hacer un recorrido por algunos lugares en los que Sare y yo habíamos pasado mucho tiempo. Todo sonaba a una especie de ceremonia funeraria con la que yo no me sentía cómoda; quería hacer mi propio ritual y tenía muy claro que lo haría sola. Mis espacios con Sare eran solo nuestros, y así se lo hice saber. Aun así, Alessio me preparó una sorpresa y me llevó a unas escalinatas de piedra desde donde se veía la habitación que Sare y yo habíamos compartido; allí continuaban los dibujos que habíamos pintado en la ventana, el jardín y el gato Rosso que siempre dormitaba en sus muros. Alessio encendió un cigarrillo de marihuana, abrió una botella de vino y me rodeó los hombros con el brazo acercándome hacia él y transmitiendo una clara intención que se difuminaba dentro de mi sorpresa. «No», le dije. «¿Qué pasa?», preguntó. «No quiero esto —contesté—. No voy a fumar contigo, este es un espacio que no te corresponde.» Se enfadó muchísimo, de manera grave pero contenida. Me acompañó de regreso al casco antiguo y, una vez allí, desapareció. A partir de ese momento apenas aparecía por casa, me ignoraba en las conversaciones y casi no me dirigía la palabra. Yo sabía perfectamente lo que estaba ocurriendo, dejé pasar los días y me marché.

Paolo, Fabrizio y Alessio: tres piedras estratégicamente colocadas sobre un tablero de Go, conquistando el terreno, disputando libertades. El algoritmo matemáticamente violento y perversamente machista —con tantos rizomas como números primos— que desde una ciencia exacta unifica en la misma medida al filósofo, al matemático y al informático.

Cuando regresé a Bilbao, guardé los dados de colores en una caja de madera, pero continué vagando por la ciudad: me sentaba en los parques, leía, descubría, anotaba. Fue algo molesto darme cuenta de que estaba sola, pero a la vez siempre acompañada, observada. Estaba ahí, de manera intermitente, la mirada que escruta, la mano que se desliza sutilmente por tu cadera en la cola del metro, el hombre que se sienta en tu mismo banco estando todos los demás libres y te obliga a conversar, a marcharte. Solía tumbarme en el parque a leer y erraba por la ciudad degustando el placer de pasear sola, a cualquier hora, en cualquier sitio. Un día, en uno de esos paseos, me frené en seco, en mitad de la calle, sin explicación alguna. Quieta. Mirando al frente en un acto consciente. Sabía lo que estaba haciendo. El hombre que venía detrás paró en seco para impedir el choque. Lo dejé pasar, y en cuanto estuvo delante de mí, reanudé la marcha. Me puse justo detrás de él, muy pegada, siguiendo sus zapatos, casi pisándolos. Él variaba la trayectoria haciendo ligeras eses, en un intento de girar la cabeza y verme. Yo me mantenía pegada a su nuca; si él giraba dos grados, yo viraba dos también. Lo percibí desorientado, y cuanto más lo estaba él, más me crecía yo. «Ahora soy yo quien está detrás.» En un momento dado, la calle enlazaba con un parque y se ensanchaba, y ahí nuestros caminos se separaron como dos líneas paralelas; continuamos andando así unos metros más, todo parecía normal. Entonces ocurrió: él giró la cabeza hacia su izquierda, donde yo me encontraba, y me miró a los ojos; solo fue un segundo, pero fue un intervalo muy denso, y después sonrió. En esa sonrisa no varió ni un ápice la comisura de la mirada; diríase que funcionaban como gestos independientes que controlaba a la perfección y que le conferían un gesto espectralmente premeditado. Todo encajaba, era la pieza final: saben lo que hacen.

Años más tarde, Sare y yo volvimos a reunirnos. Fuimos a pasar el fin de semana a una cabaña de piedra que estaba en un pequeño pueblo llamado Las Machorras; escogimos el lugar, obviamente, por su nombre. Una noche salimos a cenar a un pueblo cercano, bebimos vino, recordamos, nos reímos sin parar. La casa en la que nos alojábamos estaba a unos pocos kilómetros de distancia en coche de donde nos encontrábamos. Era una carretera de montaña sin iluminación, la luna estaba en cuarto menguante y no había casas que aportasen algo de luz. En ese momento, Sare me dijo: «Hay algo que siempre he querido hacer. Es solo un instante, va a ser muy rápido, te lo prometo». Aminoró la marcha y apagó las luces, todas, también las de posición. Éramos un punto oscuro integrado en aquel bosque, una materia geométricamente delimitada que impedía la libre circulación de la luz, formábamos el bosque. Nos quedamos en un silencio orgánico, fuera no se oía el menor sonido. Allí estábamos las dos mirando hacia la nada, siendo bosque otra vez. Nos miramos y volvimos a reírnos igual que en Génova. Este bosque es nuestro. Todo esto es nuestro.

Y en este bosque no hay piedras muertas, me toca mover ficha.

Grita

María Fernanda Ampuero

MARÍA FERNANDA AMPUERO (Guayaquil, 1976) es una escritora ecuatoriana residente entre España, Ecuador y México. En 2016 recibió el premio Cosecha Eñe por el relato *Nam*, que habla de las primeras experiencias sexuales y el amor lésbico. Entre sus publicaciones están *Lo que aprendí en la peluquería*, *Permiso de residencia* y la aclamada recopilación de relatos *Pelea de gallos*, libro recomendado como uno de los mejores del año por *The New York Times* en español.

Enseñamos a las niñas a gustar, a ser buenas, a ser falsas, y no enseñamos lo mismo a los niños. Es peligroso. Muchos depredadores sexuales se han aprovechado de este hecho. Muchas niñas callan cuando abusan de ellas porque quieren agradar. Dile que, si algo la incomoda, se queje, lo diga, grite.

CHIMAMANDA NGOZI ADICHIE

Parque: En una población, espacio que se dedica a praderas, jardines y arbolado, con ornamentos diversos, para el esparcimiento de sus habitantes.

Diccionario de la RAE

I

Hoy

Para llegar al garaje hay que atravesar el parque. El parque está frente a la casa. Papá eligió esa casa por el parque. El parque es pequeño, se recorre en unos treinta o cuarenta pasos. Ahí jugábamos de niños.

Mamá sale conmigo y saca también a la perra. Le pregunto qué hace.

—Te acompaño al carro.

—¿Por?

—Hay un poco de hombres ahí en el parque.

—Y si nos quieren hacer algo, ¿tú qué vas a hacer?

—Dos gritos son más que un grito.

Mi mamá tiene casi setenta años. Yo, casi cuarenta y tres. El «poco de hombres» son seis chicos que no llegan a los veinte, llevan gorras, ropa deportiva y están sentados en el sube y baja.

Hablan y ríen con una risa pajarraca, vulgar. Sus voces suben de tono cuando nos ven aparecer. Las voces se hinchan como los pechos. El aire se carga de las voces de hombres y del silencio de las mujeres. Son más. Saben que les tememos. Les tememos. Mientras atravesamos el parque no hablamos entre nosotras. El constante dicharacheo de mi mamá se cierra como un puño. El miedo hace su taxidermia. Una al lado de la otra sin hablarnos, sin tocarnos, sin mirarnos.

Mujeres que caminan frente a hombres: suyas.

Ando encogida, jorobada, parapetándome tras los libros del taller que estoy impartiendo: dantescas, escritoras latinoamericanas que bajan al infierno. Con la axila sujeto bien la cartera —aunque la cartera es lo de menos— y doy unos pasos apretaditos y frenéticos como si tuviera los tobillos atados entre sí. No corro, no puedo correr, pero no paro, no puedo parar.

En algún momento de mi vida aprendí que hay que agachar la cabeza al pasar frente a un grupo de hombres, que hay que adoptar la posición de un animal dócil, que no puedes hacer movimientos bruscos, que si corres ellos serán más rápidos, que lo que tienes que intentar alcanzar es la invisibilidad —no molestarlos, nunca molestarlos—, que tienes que demostrar respeto y nunca, nunca, nunca superioridad. Que la altanería los hombres te la hacen pagar.

—¿Qué, me tienes miedo, mamita? Si yo no muerdo, mi reina.

No importa quién seas, siempre eres menos frente a un grupo de hombres.

Estamos a mitad de camino. Yo imagino que se ponen de pie y se acercan, que dan una patada a la caniche de mi mamá, que es tan mansa con los desconocidos que en lugar de gruñir se despatarra. Imagino que nos atacan. A mi mamá la reducen, la tiran al suelo. La veo con la bata con flores bordadas que le regalé por Navidad subida hasta la cintura, veo su calzón color carne, de casi anciana, y su cara transformada por el terror. Imagino que le tapan la boca, que la perra gime, malherida y desesperada, que mientras tanto los otros me tiran contra la pared blanca donde una vez hubo una tienda de golosinas en la que yo compraba chupetes Bim Bam Bum y me sobajean los pechos, las nalgas, la entrepierna.

Imagino que ordenan que nos callemos o nos matan.

Imagino el pavor de mi mamá frente a las vergas tiesas de esos muchachos que pretenden entrar en su vagina completamente blanca, de viuda, de abuelita.

Imagino que nos violan a las dos al mismo tiempo y que así, pegadas para siempre más por el espanto que por el amor, nos precipitamos juntas al infierno.

Imagino porque es posible porque le ha pasado a otras madres y a otras hijas ahí, en ese mismo —nuestro— parque.

Ayer

A Genoveva mi papá la llama Genoboba porque no entiende o no quiere entender las órdenes que él le da y porque básicamente hace lo que le da la gana. Genoveva se lanza por el balcón a la calle y va a la tienda a comprar caramelos y chocolates, Genoveva duerme la siesta en vez de lavar los platos.

Genoveva, Genoveva, ¡Genoveva!

Genoveva tiene trece años; su mamá la «dio» a mi mamá para que trabaje en nuestra casa, pero eso de cuidar a los gorditos burgueses y limpiar la casa de los gorditos burgueses no va con ella. Prefiere jugar en el parque, y cada vez que mamá se descuida me lleva a los columpios y me empuja muy fuerte, muy fuerte y me pregunta que si quiero volar y yo grito sí, Genoveva, quiero volar, quiero ser como tú, valiente, y me da miedo, pero también me excita, y cuando me bajo tengo impresa en las palmas de las manos la marca de las cadenas del columpio.

Después ella se sube y me pide que la empuje, y como es flaquita y sabe mover las piernas para impulsarse, parece que en cualquier momento va a alzar el vuelo como una garza y va a volver donde sus padres, a Manabí, tan lejos de este parque y de nosotros.

Yo no quiero que se vaya. Es mi única amiga, Genoveva.

Una tarde, mientras volamos cada vez más alto, aparece un hombre. Yo tengo miedo —a mi mamá le cambia el tono cuando dice la palabra «hombre» y parece que habla de una cosa que no son ni mis hermanos ni mi papá—, pero Genoveva no, Genoveva no le tiene miedo a nada, y el hombre nos pregunta cómo nos llamamos y qué edad tenemos y dónde vivimos, y Genoveva le da todos los datos, y él, diciendo nuestros nombres, se ofrece a empujarnos, y ella dice que primero a mí y el hombre me empuja y es más fuerte que Genoveva y que yo juntas, así que el columpio baila de un lado a otro y se eleva, se eleva.

Cuando por fin bajo, viene otro empujón más fuerte que el anterior y las manos del hombre presionan mi espalda, primero bien arriba y cada vez más abajo y me dan más miedo las manos del hombre que caerme, pero también caerme, y ya es todo terror y quiero que pare, ponerme a llorar, correr a mi casa porque tengo ocho años y mi mamá debe de estar buscándome, pero no lo hago porque no quiero parecer gallina: Genoveva no tiene miedo y yo quiero ser como Genoveva.

Cuando el hombre la empuja, ella grita como loca y no sé si es porque por fin alguien con fuerza de verdad la ayuda a volar o por otra cosa que no entiendo del todo, pero que tiene que ver con que él es hombre y ella es mujer.

Está oscureciendo.

El hombre mira hacia mi casa y nos propone ir al otro parque, al que está al lado de la iglesia, porque allá hay más juegos, y Genoveva dice que sí y empieza a caminar hacia allá, aunque yo no he dicho nada, y si dijera, si me preguntaran, diría que quiero regresar a casa porque ya casi es de noche y mañana hay clase y porque nunca me han dejado estar en la calle cuando está oscuro.

Genoveva y el hombre van delante, casi se olvidan de que la niña gordita está ahí, pero la niña gordita los sigue como los patitos siguen a su mamá o a cualquier cosa que parezca una mamá.

En el parque de la iglesia hay una pérgola de cemento. Dice el hombre que ese es un buen lugar, y aunque Genoveva no sabe para qué es un buen lugar, contesta que sí, que es perfecto. El hombre dice que vamos a hacer gimnasia, que estamos muy gordos. Le guiña un ojo a Genoveva, que me mira y se ríe, y yo sé que es por mí y siento vergüenza de ser gorda. El hombre se agacha y se toca los pies con la punta de los dedos y nos dice a ver ustedes. Genoveva es de elástico, se dobla por completo y se queda ahí, abrazando sus tobillos. El hombre aplaude y dice muy bien, muy bien, qué flexible.

Yo intento, pero no puedo por mi maldita barriga y él se pone detrás, pega su cuerpo al mío y me da empujoncitos. Para, empuja, para, empuja. Dice: ya vas a ver que sí puedes, poquito a poco, poquito a poco, pero tenemos que estirarte.

Hace que nos acostemos en el suelo y que levantemos la mitad del cuerpo hacia los pies. Otra vez no puedo. Otra vez Genoveva me gana. Otra vez se ríen los dos de mí. Otra vez me da vergüenza ser gorda.

Gordahorriblegordapanzonagordatorpegordainútilgordaasquerosa.

El hombre me dice que me siente. Se sienta detrás de mí y me rodea con sus piernas. Me pide que me acueste y mi cabeza queda en su regazo. Me levanta los brazos, enlaza sus dedos con los míos y empuja hacia arriba. Dice que hay que estirar hacia el cielo, hacia el cielo, hacia el cielo. El cielo en esa pérgola de cemento sin pintar es un techo feo, de zinc, que suena como si lo ametrallaran cuando llueve.

Hoy llueve.

En algún momento siento que esto que está pasando tiene algo de malo, que este hombre está haciendo conmigo algo diferente a la gimnasia, porque respira muy cerca de mi cara y me toca los labios cuando me dice que me va a hacer sudar, pero luego veo la pared de la iglesia, de nuestra iglesia, y recuerdo lo que me dijo la profesora en catecismo: que Jesús me ama, que me creó desde el amor y para el amor, que soy su hija favorita, que él ama por sobre todas las criaturas a los niños y a las niñas. «El señor es mi pastor, nada me falta.» A mí no me va a pasar nada, así que, en lugar de levantarme y correr a mi casa, intento seguir con la rutina de ejercicios que nos está proponiendo el hombre porque quizá Dios me lo mandó para que yo deje de ser gorda y, por lo tanto, infeliz.

Después de estirar, me pide que me acueste bocabajo y me sube y me baja las piernas apoyando una mano en mi espalda y más abajo. Sus manos suben y bajan por mis muslos mientras va contando: «Uno. Dos. Tres. Cuatro». Genoveva, que lo ha estado mirando todo, empieza a actuar de forma extraña. No sé si está celosa o quiere que él deje de estirar así mis piernas. Agarra al hombre del brazo y hace contorsiones y aeróbicos para que él se fije en ella. Lo logra por un momento, pero él siempre vuelve a mí: yo soy la gorda, yo soy la que necesita la gimnasia; Genoveva no, es flaquita y sí puede hacer todos los ejercicios.

Ella no necesita al hombre y yo sí.

Desesperadamente.

Ahora el hombre quiere que me abra de piernas como las bailarinas de ballet, pero yo no soy bailarina de ballet, aunque era mi sueño porque cuando fui a las pruebas de la academia a la que iba mi amiga Sofía, el profesor le dijo a mi mamá que yo era demasiado gorda para el ballet, y ella, avergonzada, le dijo que sí, que yo estaba gordita, y él la corrigió: gordita no, gorda. Se lo cuento y el hombre dice que ese profesor es bobo porque yo soy muy bonita, y que con un poco de ejercicio que él me va a ayudar a hacer voy a ser una niña perfecta, la más linda del mundo.

Esa idea me hace soñar.

Intento abrirme de piernas con todas mis fuerzas, pero no lo logro y él me pide: más, más, un poquito más. Quiero complacerlo. Me esfuerzo hasta que me duele. Entonces acaricia las caras internas de mis muslos y las empuja despacito para que se abran. Poquito a poco, vuelve a decir, poquito a poco. Mientras él toca mis muslos cada vez más arriba, lo único en lo que puedo pensar es en que por fin lograré hacer lo que mi amiga Sofía hace, porque ella sí fue aceptada en la academia de ballet. Les demostraré a todos que ya no soy gorda, que ya no tienen por qué sentirse mal por mí, que ya soy igual a las otras niñas. Ya no me importa que me incomode y me duela lo que está haciendo el hombre, porque el resultado será un cuerpo de bailarina que no avergonzará a mi mamá frente a los profesores ni frente a mis tías ni frente a mi abuela.

Voy a ser una niña delgada para que mi mamá no baje la cabeza frente a nadie y tenga que murmurar: «Sí, está gordita».

«Gordita no, gorda.»

Genoveva es la primera que la ve y se pone en pie. Mi mamá está atravesando el parque con todo el cuerpo convertido en una flecha. Mi mamá está en llamas: no camina, vuela. La boca se le mueve cada vez más rápido, y aunque no sabemos lo que dice, sí sabemos que está furiosa como nunca la hemos visto en su vida. Agarra a Genoveva del pelo y a mí del brazo. El hombre se ha levantado y se ha alejado unos pasos. Mi mamá empieza a gritar que qué mierda estamos haciendo ahí. Que si no sabemos qué hora es. Que quién carajo nos dio permiso. Mi mamá se atropella, nos recorre de arriba abajo con la mirada, nos examina, nos agarra con las manos duras como esposas.

Genoveva no dice nada, y yo intento explicarle que ese hombre me va a ayudar a ser delgada como las otras niñas, que sabe de gimnasia, que es bueno, que me ayudó a tocarme los pies, pero él no habla y así no hay manera de que mamá sepa que lo que digo es verdad. Tampoco hay mucho tiempo porque nos lleva a empujones a la casa y ni siquiera nos deja despedirnos del hombre. De camino pega a Genoveva y a mí me amenaza con lo peor: le va a decir a papá que desobedecí. Eso, acusarme ante mi papá, significa que lo que he hecho es tan grave que él, que no está para tonterías, tiene que saberlo y castigarlo. Papá usa la palabra «defraudado». Papá dice que pensaba que yo era más inteligente. Papá me llama idiota. Lloro y lloro porque es verdad: soy idiota y, además, soy gorda.

Y he perdido la oportunidad de dejar de serlo.

Hoy

Llegamos al carro. Mamá me echa una última mirada y regresa a casa con su bata india y su perro de decoración. La sigo con los ojos. Vuelve sola. Hija convertida en madre; ahora temo por ella, esa Caperucita vieja que recorre un bosque de lobos. Cuando pasa junto a los hombres mi mamá se encoge, se joroba, mira al suelo y aprieta el paso.

Mamá me enseñó con sus gestos que son ellos, y no nosotras, los dueños del mundo.

En el cordón umbilical de la calle, mamá me dio de comer de su miedo.

Ayer

Al día siguiente del episodio del parque, mamá «devuelve» a Genoveva a su casa. Le arma una maletita y va a dejarla a la terminal terrestre. A mí no me pregunta qué pasó. La culpa de haber hecho algo malo no es del hombre, sino de Genoveva y mía. Genoveva se fue, pero quedé yo: la niña desobediente a la que le podían pasar cosas horribles si estaba en la calle.

Aprendí a tenerle terror a la calle.

La siguiente vez que me pasó algo horrible no estaba en la calle.

II

Dormitorio: En una vivienda, habitación destinada para dormir.

Diccionario de la RAE

Ayer

El muro es tan bajito que nada más hay que subirse al banco de la cocina, levantar la pierna, subirse y luego, del otro lado, apoyar el pie en el grifo del agua y dar un pequeño salto. A veces los adultos ni siquiera saben si estamos en una casa o en la otra, pero da igual porque la confianza entre las familias es todo lo contrario al murito, o sea, enorme. He salido temprano de la escuela. La abuela no me hace caso, así que cruzo el murito para ir a la otra casa, la casa amiga, donde la niña, un par de años más pequeña que yo y ya tan suertuda, tiene todas las muñecas del mundo.

Entro por la puerta de la cocina, subo las escaleras y me meto en el dormitorio de ella, mi amiguita, que está todavía en la escuela. Bajo al suelo montones de muñecas —Rainbow Brite, Cabbage Patch Kids, Barbies y Strawberry Shortcakes— y me rodeo de ellas, sueño que son mías.

El hermano de mi amiguita ya es adolescente.

Le tengo miedo porque a mí siempre me mira más rato que a los otros niños y me pregunta quién me gusta de la escuela y me hace sentir una cosa muy rara.

Él también ha salido del colegio más temprano.

Hoy

Estoy de viaje y me meto en Tinder. Tengo un *match* con un arquitecto que parece inteligente, parece gracioso, parece normal. En su perfil dice que su abuela cree que es un buen partido. Nos pasamos horas chateando, preguntándonos sobre nuestras vidas y nuestras expectativas, sobre el amor y otras porquerías. Lee, viaja, cocina, ve películas y series, habla sobre Le Corbusier: no puede ser un psicópata. Terminamos sexteando y lo escribe todo bien. Describe casi con ternura, con unos eufemismos hermosísimos, cómo va a tocarme, besarme, acariciarme, lamerme, chuparme. Es increíblemente detallista e increíblemente imaginativo. Terminamos tocándonos, cada uno en su cama, pero a la vez. Satisfechos, con los cerebros llenos de endorfinas, nos damos las buenas noches con el emoticono de la cara amarilla de cuya boca asoma un corazón.

A la mañana siguiente tengo un mensaje suyo: quiere que nos veamos.

Le digo que desayunemos juntos y me dice que ya desayunó. Le digo que vayamos a la playa y habla de un lugar más íntimo. Le ofrezco ir a su casa y me dice que su hermana está de visita. ¿Entonces? Propone que lo deje en sus manos, que pasará por mí, que confíe en él.

Por supuesto que pienso que me estoy subiendo en el carro de un hombre al que no conozco en un país que no es el mío. Por supuesto que cierro la puerta e imagino que estoy poniendo el candado a una celda de la que no tengo la llave. Entonces digo hola y él dice hola y sonríe y tiene una hermosísima sonrisa y me da un beso en la boca y me acaricia con los nudillos la mejilla. Suena «If you leave», de OMD. Nada puede ir mal si esa canción está sonando y, como soy una romántica y una ochentera, pienso que todo va a ser como una película, como *Pretty in Pink*, y que haremos el amor bien hecho y nos reiremos mucho y a la tarde, quizá, tomaremos una cerveza viendo el mar.

Camino a donde sea que vayamos no habla mucho, y empiezo a sentir que esto no es buena idea, pero no digo nada. Mejor dicho, digo. Digo muchas cosas, hablo mucho muchas tonterías porque estoy nerviosa y él no está haciendo nada por tranquilizarme. Me quedo sin aire cuando veo que salimos de la ciudad y que de repente estamos en la periferia, rodeados de autovías, camiones y polígonos.

Pienso que debería exigirle que pare el carro y que me deje en la estación de servicio más cercana, pero pienso también que eso lo violentaría: sí, que le ofendería saber que estoy asustada de él. Me callo y ya nadie habla. Él nada más mira al frente y a veces un mapa que tiene en su teléfono. Yo me miro las manos y observo el sistema nervioso que conduce al corazón de esa ciudad soñada que de pronto se ha convertido en una pesadilla.

Estoy aterrorizada, y sin embargo, no quiero ofenderlo.

Llegamos a un motel, pero el aire que respiramos juntos hace rato que ya no es sexual, sino peligroso. Me bajo. Va a ser un polvo malísimo, pero terminará y me iré a la casa de la familia con la que me hospedo a maldecir el castigo de ser una mujer deseante en este mundo de mierda.

Terminará y me ducharé y lloraré bajo el agua y luego otra vez hasta quedarme dormida y luego saldré a tomar una cerveza frente al mar.

Terminará. Terminará. Terminará.

Ayer

El hermano adolescente de mi amiguita entra en el dormitorio y cierra la puerta con seguro. Nunca hemos estado solos y enseguida siento que el aire se vuelve espeso, difícil. Levanto la mirada y él me sonríe, pero su sonrisa me recuerda a un animal. Por un momento pienso que me va a regañar por haberme me-

240

tido en la casa sin avisar a nadie y por haber cogido las muñecas y los peluches sin permiso. Me pongo en pie, murmuro unas disculpas, quiero irme.

Él me impide el paso, me pone contra el mueble de los juguetes y en la espalda se me clava el tirador de un cajón. Ahora está tan cerca que las telas de nuestras ropas se tocan y el tirador del cajón se clava más y más en mi espalda. No sé por qué tengo tanto miedo si es el hijo de los amigos de mis padres, es él y no un hombre desconocido, es un chico al que conozco desde bebé, es casi familiar mío, ¿qué me va a hacer?

Pero tengo miedo.

Intento zafarme, le digo que quiero irme, sé que estoy a punto de llorar porque siento una cosa caliente en la garganta y en los ojos y sé que estoy rojísima porque la cara me arde como si él en lugar de ser un chico fuera una plancha. Estoy temblando. Él debe de ver el terror en mi carita porque dice que no tengo que asustarme, que esto, lo que sea que sea esto, es muy normal. Dice que le dé un beso, y yo, que soy pequeña, le digo eso: que soy pequeña. Responde que para el amor no hay edad y se acerca tanto que siento que voy a vomitar.

«Para el amor no hay edad.»

Insiste en el beso, se acerca, me rodea con los brazos. Es normal, dice, es normal, y yo nada más pienso en por qué me está pasando, en que quizá sea un castigo por haberme metido sin permiso en ese dormitorio y en cómo salir de ahí.

Sus amigos, chicos y chicas, llaman a la puerta, los oigo reír del otro lado, y cuando él se separa para abrirles me meto por en medio de sus piernas y me voy. Escaleras abajo me persiguen las carcajadas de él y de sus amigos.

«Para el amor no hay edad, para el amor no hay edad, para el amor no hay edad.»

Hoy

El motel no es nada sórdido. De hecho, parece la habitación de un hotel cualquiera: tele, escritorio, cama con cobertor marrón, sábanas y toallas blancas. El aire acondicionado no funciona bien y hace un calor insoportable. Hace unos quince minutos que él no me dirige la palabra. Quiero que esto se acabe, pero no hago nada para que esto se acabe. Seguiré la corriente. No me quejaré. No gritaré. Yo me he metido aquí. Yo me he traído hasta este motel con este desconocido que saqué de Tinder. Yo voy a aguantar.

Me da un par de besos en la boca y me tira a la cama. Me arranca el pantalón y las bragas, se baja el pantalón y la ropa interior, se masturba unos segundos y me penetra. Yo estoy seca, así que es doloroso. Se mueve frenético dentro de mí y al mismo tiempo me levanta la camiseta, sube mi sujetador y me agarra las tetas como si fueran pelotas antiestrés. Luego me mete la polla en la boca hasta el fondo. Su pelvis presiona mi nariz. Me estoy ahogando. Me está ahogando. Ya no puedo respirar y pienso que debería pegarle un mordisco para salvar mi vida, pero no lo hago porque tengo miedo de lo que me pueda hacer después. Tengo que ser dócil, pensar que no me va a matar, que no es su deseo matarme, que me está ahogando sin querer. Esto va a terminar.

Terminará. Terminará. Terminará.

Saca la polla y puedo respirar unos segundos hasta que me mete sus testículos en la boca y otra vez siento que me asfixiaré y moriré en este motel de un país que no es el mío, a miles de kilómetros de mi mamá, y que ella recibirá una llamada de quién sabe quién diciéndole que me han encontrado muerta, semidesnuda, ahogada por los genitales de un hombre con el que no mantenía ninguna relación.

Le dirán a mi mamá que morí como una prostituta.

Se corre en mi cara y yo nada más cierro los ojos mientras siento su leche tocarme los labios con los que yo soy capaz de besar con tanto amor.

Me quedo un rato ahí, echada de espaldas, con los pechos, la vagina, el alma o lo que mierda tenga una mujer por dentro, rojos y adoloridos. Me duele de verdad, pero no se lo digo: tengo miedo de que quiera pegarme, de que si lo acuso de que me ha violado, decida hacerlo con más saña, usando objetos, marcándome para siempre.

Él sale del baño recién duchado y se sienta en un mueble a mirar su teléfono.

Ayer

No es fácil cruzar el muro de ese lado. El grifo del agua está muy bajito y hay que levantar mucho la pierna para trepar y saltar a la casa de mi abuela. Me raspo los brazos, los muslos y las rodillas. Estoy llorando de miedo y de dolor cuando llego a donde mi abuela y mi mamá, que ni se habían dado cuenta de que yo no estaba.

Les digo lo que pasó. Les hablo del dormitorio, de la puerta con seguro, del «Para el amor no hay edad», y ellas me miran, me escuchan, sé que me escuchan, sé que están escuchando las palabras que estoy diciendo. Mamá me cura los raspones, me ducha y me mete en la cama aunque es de día.

Cuando llega papá, él pregunta si estoy enferma y mamá no le dice nada y la abuela no le dice nada. Se miran entre ellas y no dicen nada. Si ellas no lo cuentan, es porque no es tan importante, así que yo tampoco digo nada.

Hasta hoy en mis pesadillas vuelvo a esa casa, a esa escalera que se hace infinita, a esa habitación con puertas con seguro.

«Para el amor no hay edad.»

Hoy

Me visto sin decir una palabra.

Cuando estoy lista, él deja de chatear, se levanta, pasa por mi lado y abre la puerta para irse. Salgo detrás porque no sé dónde estoy y porque no sé cómo pedir un taxi y porque soy tan imbécil que prefiero irme en el carro con mi violador que quedarme en un motel de la periferia extranjera. A la salida hay que pagar y no sé bien por qué saco dinero de mi cartera y se lo extiendo. Él mira el billete, duda y finalmente niega con la cabeza.

—Yo pago.

Volvemos a la ciudad en absoluto silencio. Abro la puerta del carro y, a pesar de que lo odio, de que le arrancaría los ojos con las uñas, de que lo haría comerse su propia polla y sus propios huevos, de que le rompería las piernas a palazos, de que escribiría «Violador» con un cuchillo en su estómago, a pesar de que quisiera arrancarle las tripas y obligarlo a que me mire abrirlas con tijeras y echar sobre él su contenido, a pesar de todo eso, digo, me despido antes de bajarme.

—Chao, gracias —le digo.

Él no me contesta.

Nunca tranquilas

Gabriela Wiener

GABRIELA WIENER es una escritora, periodista y activista feminista peruana. Ha escrito los libros *Sexografías, Nueve lunas, Llamada perdida, Dicen de mí*, y el poemario *Ejercicios para el endurecimiento del espíritu*. Además, ha realizado las performances literarias «Dímelo delante de ella», «1986» (ambas junto a Jaime Rodríguez Z.) y «Qué locura enamorarme yo de ti». Sus libros han sido traducidos al inglés, italiano, portugués y polaco. Actualmente es columnista de *The New York Times* en español, *eldiario.es* de España, y *La República* de Perú, donde escribe habitualmente sobre género y feminismo. También lleva una videocolumna diaria en el portal *Lamula.pe*. En 2018, ganó el Premio Nacional de Periodismo IPYS en Perú sobre un caso de violencia de género en su país. @gabrielawiener

Mi hija Lena acaba de salir de casa hacia el instituto. Son las 7.30 de la mañana, es invierno en Madrid y todavía está oscuro y frío. Recorre nuestra calle, que es cortita, dobla a la derecha y baja por una más larga pero también muy sombría a esa hora, de establecimientos cerrados y farolas mortecinas. Son esos tramos los que suelen preocuparme. Hace poco, alguien robó una bandera gay de la puerta de una peluquería de esa calle y la quemó en un contenedor. Yo misma he pasado por la noche junto al parquecillo, al lado de la gasolinera, y por un momento he sentido un escalofrío. Recuerdo que hace no mucho Lena era una niña pequeña a la que llevábamos a todas partes. Solo porque en cosa de unos meses pasó de sexto a primero tenemos que acostumbrarnos a su nueva vida. Ahora va y vuelve sola del instituto. Podría tropezarse o caer, o no ver que viene un coche. Si lo pienso un rato más, me vuelvo loca. Intento no pensar en cosas peores, pero las pienso.

Nunca me he sentido tranquila, quiero decir que no sé qué es eso, no sé dónde empieza y dónde termina la tranquilidad.

Nací y crecí en Lima, una ciudad que tiene uno de los mayores índices de violaciones de la región y donde hace poco encontraron el cuerpo de una chica, violada y asesinada, tapiado en un cilindro lleno de cemento. Es un milagro que no me hayan violado, y por eso sé que pertenezco a una minoría. Ser rara por no haber sido violada: esa es la situación, y no es tranquilizadora. A veces, cuando en las redes sociales me dicen que soy tan poco atractiva que nadie querría ni violarme —cosa que suelen decir hasta algunos presidentes del mundo libre para desacreditar a una mujer—, recuerdo todas las veces que tuve miedo de ser violada. Es como cuando se te seca la garganta en medio de una pesadilla y crees que estás gritando, pero no sale ningún sonido de tu boca y nadie puede oírte. Ya no estás en el sueño, pero tampoco puedes despertar. En ocasiones, eso es ser mujer.

Hace poco tuve la suerte de hablar un rato con una de las escritoras feministas que más admiro, Vivian Gornick, alguien que escribió un tierno e impío libro sobre su propia madre, y le pregunté si con los años llega un momento en el que una empieza a calmarse, en que por fin llega la tranquilidad. Ella reaccionó incómoda, revolviéndose en la silla y saltándome al cuello: «¡¿Más calmadas?! ¡No! ¿Por qué deberíamos sentirnos más tranquilas? ¡Todo lo contrario!». Gornick asegura que los años setenta no fueron suficientes, que no se hizo todo lo que se tenía que hacer y que por eso hoy con toda razón hay mujeres mucho más cabreadas que las de su generación. «Así que no, mujeres —continúa—, no podemos "relajarnos", hay que cabrearse más. Hasta que las cosas cambien, solo hay lugar para el cabreo. Cuando mi generación abrazó el feminismo, todo el mundo pensó que íbamos a tomar las armas, a ponernos las botas de combate y a salir por ahí a matar gente... ¡Ahora realmente podrían hacerlo! Mira, todo esto está tomando demasiado tiempo... Como dijo James Baldwin, el gran escritor negro, una persona oprimida no se levanta como un santo, sino como un asesino...»

Yo he tenido muchas ganas de asesinar. Es otra manera de no estar tranquila. Si me hubieran visto echar cualquier día a correr de la nada en una calle vacía y oscura sin que nadie estuviera persiguiéndome, podrían haber pensado que estoy loca, pero lo he hecho miles de veces con el serio propósito de salvarme. Si huelo a peligro, o sea, si veo que me quedo sola en algún lugar y algo acecha, si alguien me susurra en la calle, incluso si no hay un alma cerca y solo me abrazan las sombras, salgo corriendo. Parte de nuestra vida consiste en escapar de un peligro que aún no existe. La mía es una técnica bastante perfectible que desarrollé cuando era niña. Debía cruzar una buena cantidad de calles para ir del colegio a mi casa y viceversa, vestida con el uniforme escolar único obligatorio en el Perú, que para las niñas significa llevar muchos años de nuestra vida una falda por encima de las rodillas, con frío y con calor. Y también significa provocar sin proponértelo. Apretarlas hacia abajo para que ni el viento ni los hombres las levanten.

«Mi hija tiene doce años, es fuerte, calza un cuarenta y uno, es grande», me digo para tranquilizarme, pero no lo consigo. Este año ha entrado en la secundaria y ya lleva su propia llave de casa, su propio móvil, su propio bonometro. Pero le gusta que le prepare macarrones con tomate, que la arropen para dormir y aún no tiró a la basura sus peluches de animalitos con ojazos. Es una niña casi adolescente, como tantas chicas que ahora están desaparecidas o muertas, o podrían estarlo. Me levanto de la cama. Hoy para despedirse me ha enviado por WhatsApp un audio en inglés en el que imita a una *drag queen* llamada Laquifa. Todas las madres que ven irse a sus niñas tenemos miedo de que sea la última vez. El miedo por mí se ha ido transformado en miedo por ella.

A mí y a todas las niñas peruanas nacidas en los setenta, hombres jóvenes, de mediana edad y viejos nos han mirado las piernas con babas en las comisuras y nos han metido la mano por debajo de la falda color rata, a pleno día. Y si te pasaba, mala suerte, no había a quién mirar, a quién recurrir o a quién llorar. Te hacías mayor aprendiendo a tolerarlo. De hecho, era tan normal estar expuesta que si los hombres no te miraban con cara de querer violarte o no te tocaban indebidamente, podías hasta pensar que no eras una mujer completa. A las niñas nos enseñan muy pronto que una mujer completa es una mujer violable. El resto de las criaturas, no deseables, no violables, son escoria y marimachos. Ser acosadas poco a poco se vuelve la aceptación de nuestro destino. Cuando me pasaba, miraba a mi alrededor confiando en que lo hubiera visto la menor cantidad de personas posible, porque era humillante pasar por ello. Sentir vergüenza por algo bochornoso que han hecho otros contra ti. En ocasiones, eso también es ser mujer. Mientras los acosadores seguían su camino sin mirar atrás, yo me quedaba paralizada. Me parecía tan alucinante que pudieran hacer eso con absoluta impunidad, que los cuerpos de las niñas solas fueran barra libre por las calles, plazas y autobuses, que una vez decidí vengarme de uno. Lo hice solo porque era un señor muy mayor y pensé que podría con él. Hacía ese tipo de sol inesperado que rara vez rompe el colchón de nubes grises del cielo de Lima y que provoca reflejos cegadores en los coches. Entonces sentí una mano que me cogía y apretaba por detrás. Otra vez. Volteé asustada, rabiosa, y vi al señor alejándose impasible algunos metros de mí, así que lo perseguí un trecho, levanté por los aires mi enorme mochila llena de pesados cuadernos y estuches y se la estampé en su fea calva. Esa vez yo no miré atrás. Pero tampoco me quedé tranquila.

Tengo al menos dos amigas de mi edad que me han contado que sus hijas e hijos, que han jugado con los míos, han sido abusados o violados antes de cumplir los diez años. Ocurrió en entornos seguros, familiares, con amigos o cuidadores, no en la calle. Pienso, como Alice Sebold, que en la definición de la palabra «violación» el diccionario debería decir la verdad, porque «no es solo un acto sexual mediante la fuerza: la violación significa habitar y destruirlo todo». Esa destrucción es siempre más habitual en el pequeño espacio de la convivencia y la confianza. A Roxana y a Nadia las violó Reynaldo Naranjo, su padre y su padrastro, respectivamente, un Premio Nacional de Poesía en Perú, cuando eran niñas. Con Roxana, el poeta laureado empezó a cometer abusos el mismo día en que le propinó una paliza: le dijo que esa era la manera en que un padre consuela a una hija. Nadia tenía siete años cuando su violador la obligaba a hacerle felaciones. Ella dibujó un elefante rosa con una larga trompa y escribió: «Qué feo, ¿no? ¿A quién se parece?...». Ellas me buscaron para que contara su historia, y gracias al coraje que tuvieron para acabar con el silencio, y a la contundencia de la denuncia, el Ministerio de Cultura le retiró el premio a Naranjo hasta que se aclararan los hechos.

Un par de años antes del mochilazo, estaba en una kermés del colegio y el novio de una de mis mejores amigas me dijo que lo acompañara a su casa, que estaba a pocas calles del cole. Yo era una de las más audaces de mi grupo de amigas, sexualmente iba por delante de las otras, por eso no tenía novio, pero sí tenía algunas experiencias. Muchas de esas experiencias me ponían al límite, me exponían a las miradas y juicios de los demás, incluso de mis amigas cercanas, y en los primeros años de la secundaria tenía fama de ser fácil. Hombres y mujeres podían llamarme puta, perra o ruca cuando sentían que me lo merecía. Los lunes me horrorizaban, porque el sábado había hecho algo sexual considerado indigno. Podía ocurrir que algún lunes nadie me hablara. Por eso él —un par de años mayor que yo, y al que por cierto reconocí hace unos meses en una noticia convertido en un delincuente que estafó a una decena de personas por miles de soles con falsas promesas de trabajo— me llevó a su casa, porque pensaba que conmigo llegaría más lejos que con mi amiga.

Ahora lo sé: si fui una perra, lo fui por traicionar a mi amiga, no por otra cosa. Pero esa tarde estuvimos un buen rato besándonos y tocándonos en la cama de sus padres, y cuando quiso avanzar más, yo me negué. Entonces me obligó a permanecer debajo de él, usó la fuerza de su cuerpo para impedir que me levantara y me fuera, y solo gracias a que uno de sus hermanos pequeños apareció inesperadamente en la escena pude escapar de sus manos y salir corriendo hacia la puerta. Hay mujeres que han sido encontradas muertas por hacer lo que yo hice, por resistirse. Esta vez sí me perseguían. Tenía doce años, pero lo denuncié ante el colegio; algunos padres de familia se enteraron y se tomaron medidas. Fue mi segundo mochilazo.

Hoy oímos hablar mucho del consentimiento y del no es no, pero hace veinticinco años las chicas poníamos nuestros propios límites a partir de alguna recomendación que le oíamos soltar a nuestras abuelas, en la que no olvidaban hacer referencia al diablo y al pecado. O intentábamos comportarnos más o menos cerca del código de actuación de una adolescente de la época, para no diferenciarnos demasiado de las demás, para no llamar la atención, pero a mí nunca me salía perfecto. A esa edad, aunque en la calle me manosearan, yo tenía muy claro hasta dónde quería llegar con los hombres en las fiestas o en los portales: no me quitaba la ropa, me dejaba acariciar las tetas por debajo del polo, aún no dejaba que me penetraran, ni con el dedo, tampoco con el pene, aunque no me quedaba mucho para visitar por primera vez un hostal. Con mis amigas ya nos tocábamos hacía mucho más tiempo, como jugando, pero con los hombres iba más despacio y en serio. Siempre tenía miedo de enfadarlos, de hacer algo que los alejara.

El primer novio que tuve en la secundaria cortó la relación porque no quise tener sexo con él, porque me negué a quitarme el sostén y a bajarme el pantalón aquel día en el cuartito de arriba de mi casa. Era una especie de estudio y biblioteca que nunca terminábamos de ordenar. Había libros por todos lados y cajas a medio abrir. Estábamos tendidos sobre el suelo y él se movía sobre mí como un ciempiés. Se enfadó, me gritó, me manipuló, se fue y al día siguiente en el colegio ya no era mi novio. Lloré muchísimo. Me arrepentí de no ser más avispada, me sentí sola, estúpida, cobarde, aniñada. En cambio, él se hizo novio de la amiga a la que yo había traicionado aquella vez (la sororidad se echaba mucho en falta en esa época). Pero en ese momento no imaginaba que había mujeres a las que mataban por esa razón, por decir que no, que hasta ahí nomás. Algunos años después tuve sexo con él para desquitarme. Lo que más recuerdo es que me metió la mano en la vagina, la sacó, me la puso a la altura de mi nariz y me dijo: «Hueles a mierda». Otra vez fui a la playa con un chico con el que salía. En un momento se quedó mirando algo en mí. La piel de mis pechos, o mis brazos, tal vez, y me dijo que parecía sucia, como si no me hubiera bañado bien. Sentirse sucia por dentro y por fuera es algo que se parece demasiado a mi experiencia de ser mujer, esta mujer en particular.

Cuando ya tuve un novio en serio, mis niveles de experimentación se elevaron, porque él era cinco años mayor que yo, me dio a probar drogas, me presentó el porno y nos asumimos como una pareja que hacía cosas locas juntos. Era igual a mí, igual de lujurioso e imprudente, por eso estaba tan enamorada. Una vez íbamos borrachos por la calle y conocimos a dos tipos con los que nos pusimos a hablar. Ya habíamos tenido sexo con una amiga, pero nunca con hombres, así que yo estaba deseosa y forcé la situación. Fue en la calle, en el malecón, podría habernos visto cualquiera. De hecho, luego llegó la policía y dio por terminado el show. Fue rápido, sórdido y poco excitante. Al final, por lo bajo, le di mi teléfono a uno de ellos porque me lo pidió; me llamó al día siguiente y me dijo que fuera a su casa. Al llegar me subió hasta la azotea destartalada. Desde el principio me trató mal. Estaba dentro de lo probable siendo un desconocido. Hasta que pasó algo: me vino la regla mientras me penetraba. Una pátina roja cubrió algunas extensiones de piel, manché el sucio colchón en el que lo hacíamos, le teñí el glande, dejé caer unas gotas por el suelo. Entonces me miró con asco profundo, me empujó y me metió violentamente en una ducha fría. Ni siquiera en ese momento pensé que alguien podría matarme por haber sangrado en el instante menos oportuno. No me mató, pero me fui de ahí sangrando por dentro y por fuera.

Los hombres tienen miedo de que las mujeres se burlen de ellos, y las mujeres tienen miedo de que las maten. Lo dijo Margaret Atwood y no se equivocaba. Miedo de que la hermosa cara de Eyvi se burlara de él tenía Carlos Hualpa cuando le prendió fuego en un autobús del metropolitano de Lima. Solo quería borrar esos hermosos rasgos de su rostro, que nunca sería suyo, para que otros como él no cayeran en su trampa, dijo a la policía, pero el fuego se expandió y la dejó con el sesenta por ciento del cuerpo quemado. Hirió a otras diez personas que iban en el bus. Eyvi murió días después por una infección generalizada.

Quizá hubo un tiempo en que yo tenía menos miedo que ahora. Y tomaba sola taxis poco seguros a horas nada seguras. Y me dormía borracha en ellos. Y solo abría los ojos cuando ya habíamos llegado a la puerta de mi casa. Tiempos en que cualquiera se ponía un cartel de taxi y salía a trabajar, y en los periódicos había noticias de mujeres secuestradas y violadas en taxis, también descuartizadas. Pero la mayor parte de las veces estaba en el taxi despierta con una mano apretando la manija, mientras el coche se deslizaba por la penumbra de la Costa Verde, al lado de grandes superficies de parkings improvisados en los que había gente teniendo sexo supuestamente consensuado, donde es fácil violar y matar, entre el acantilado y el mar. De milagro, decía, estoy viva. Las mujeres sabemos que estamos vivas solo por suerte.

Mucho antes de que pusiéramos en pegatinas y chapas que «una mujer libre es todo menos una mujer fácil», algo en lo que creo, algo que profeso, vivía sintiéndome culpable por todo, incluso por lo probable, por cosas horribles que pudieran sucederme. Y lo he creído invariablemente, incluso lo creo ahora después de salir a las calles a gritar que también son nuestras. Porque nunca he podido dejar de hacer lo que me da la gana. Y muchas veces mis ansias de experiencias me llevaron a vidas maravillosas y otras veces a coquetear con la autodestrucción. Creo que un tipo me violó borracha en una fiesta, pero solo lo creo. Sé, eso sí, que decenas de veces quise parar o hacerlo de otra manera, y ellos no me hicieron caso. Ahora, sin embargo, cada vez que salimos, las amigas hacemos un grupo temporal en WhatsApp. Podemos llegar juntas y regresar separadas, pero siempre nos enviamos un mensaje: «Llegué», «Ya en casa», «A salvo». No parecen tácticas de guerra: son tácticas de guerra.

Mi hermana Elisa, en cambio, era todo lo contrario a mí. Llevaba una vida tranquila; en esa época en que yo hacía desmanes, ella tenía un novio, un solo novio que le duró años; hasta le regaló un cachorro de perro. Pero fue a ella a la que un desgraciado siguió hasta nuestro edificio, la acorraló en el ascensor y sacó su pene para meneárselo. Menos mal que pudo zafarse y correr por las escaleras hecha un manojo de nervios. Durante mucho tiempo sufrió los efectos postraumáticos. Tenía trece años y llevaba el uniforme escolar color rata. En ese mismo ascensor un hombre robó a mi madre y ella se orinó de miedo. No, nunca *ser* tranquilas ha sido garantía de ESTAR tranquilas.

No sé si soy un buen ejemplo para mi hija. Pero ¿qué es ser ejemplar? A veces me pregunto en qué lenguaje sutil podría transmitirle mi deseo de que no sea como yo. Supongo que ya no podré evitar casi nada de lo que ella deseará para sí misma. Ella sabe que su mamá ha sido temeraria, que ha tenido una juventud más o menos visceral, que ha escrito un libro titulado *Sexografías*, que estuvo metida en drogas a los dieciséis años y que tuvo una pareja que le partió la nariz de celos. Pero mi hija no sabe, aunque podrá saberlo cuando esto se publique, que en una de mis primeras citas con su padre quise hacerle una mamada en la calle, y que él, a diferencia de los tipos que había conocido antes, no se alegró, sino que se enfureció. Era estúpido y antiestético, me dijo. Aunque no lo reconoció hasta hace algunos años, él también pensaba que eso era cosa de putas, de rucas, de perras. No quería que fuera solo su amante y sentía que entre sus misiones estaba protegerme de mí misma, sacarme de una autoestima herida que va ofreciendo mamadas para que la quieran. Lloré desconsoladamente, porque estaba borracha y porque no podía creer que un tío al que yo le gustaba tanto rechazara mi proposición de hacer algo así de divertido en la calle, y le dije que me tiraría del puente Orrantia.

Si mi hija lee esto, tendré que explicarle que mi adolescencia hipersexualizada se debió en parte a mi deseo natural, en parte a la necesidad de ejercer mi libertad sexual, y en parte a mi necesidad de gustar y ser valorada por los hombres. Y le diría que intentara hacerlo todo por las dos primeras razones, no por la tercera. Al principio yo no podía diferenciar mis deseos de los deseos de los otros. De eso también, le diría a Lena, trata la vida: de comenzar a distinguir nuestros propios deseos y apetencias de lo que no lo son. Y mejor si se da cuenta antes. Mi hija sabe que escribo a veces sobre ella, y suele burlarse diciéndome que la uso para mi escritura porque no se me ocurren mejores ideas. Intento asegurarme todo el tiempo de estar transmitiéndole las lecciones necesarias para dar un buen mochilazo cuando sea necesario. Eso es todo.

De un tiempo a esta parte solo puedo pensar en lo conectado que está todo lo que pasa últimamente: ¿cómo se relaciona que una mujer sea quemada viva por su acosador en un autobús público en Lima con las esterilizaciones forzadas a miles de mujeres indígenas ordenadas por el gobierno peruano? ¿Cómo de intrincados están los degollamientos de tres mujeres refugiadas en la frontera de Turquía y Grecia con el artículo de un periódico español que da cuenta de ello recordándonos que esto ocurre en el contexto de la inmigración «clandestina» (¡clandestina!) a Europa? ¿Cómo no va a tener que ver que Dilma Rousseff haya terminado expulsada del gobierno de Brasil a través de un documento en el que se menciona a Dios un centenar de veces, y que a Judith Butler la recibieran en el aeropuerto de São Paulo con un cartel que decía: «Menos Butler, más familia»?

¿No vienen de la misma fuente las desapariciones y los asesinatos de mujeres en Juárez, los crímenes contra mujeres indígenas defensoras del agua y los territorios en el sur de América, y las violaciones masivas y públicas de mujeres por los ejércitos en Guatemala? ¿No viola el Estado —los Narcoestados— las leyes de intangibilidad, los acuerdos con las comunidades indígenas y a la propia Pachamama cuando construye, por ejemplo, una carretera en el Tipnis, esa zona virgen del Chapare, para seguir transportando cocaína? ¿No violan los patrones a las temporeras marroquíes de la fresa en los campos de Huelva después de explotarlas y amenazarlas con despedirlas si no acceden a ser sus botines sexuales?

¿Cómo no va a tener que ver con lo mismo que Kavanaugh haya sido confirmado como magistrado de la corte suprema de

Estados Unidos después de haber sido acusado por una mujer de tocamientos indebidos? ¿Y no va de lo mismo que, por dinero, un juez supremo en el Perú, el corrupto Hinostroza, negocie una reducción de pena para el violador de una niña haciendo gala de su influencia ante sus amigotes?

¿Están tan alejados entre sí el hombre que asesina a sus hijos para castigar a su esposa y el juez especialista en feminicidios que llama malbicho e hijaputa a una mujer víctima de malos tratos que pelea por la custodia de sus hijos? ¿No nos pone, como dice Paul B. Preciado, el sistema de justicia una polla en nuestra boca contra nuestra voluntad, no nos penetra sin nuestro consentimiento, no son nuestras violaciones las pelis porno de los jueces?

¿Acaso hay una pizca de azar en que Trump y Bolsonaro coincidan tantas veces en que hay mujeres tan feas «que no merecen ser violadas» y en que una manada de amigos salga a las calles para cometer violaciones en grupo y que compartan en un chat los vídeos de su hazaña? ¿No tiene todo que ver con los insultos que nos lanzan sin parar los trolls a las mujeres en las redes sociales que los jefes del mundo sean también trolls, megatrolls, defendiendo la barbarie?

¿No está conectado todo esto con que mi hija haya salido temprano esta mañana hacia el colegio y yo haya salido corriendo en pijama detrás de ella, a darle alcance, porque hoy quiero, hoy prefiero, hoy me sentiría más tranquila si la acompaño a la parada del autobús?

Y no, tampoco me quedo más tranquila.

Bautismo

Aixa de la Cruz

AIXA DE LA CRUZ (Bilbao, 1988) es doctora en Teoría de la Literatura y Literatura Comparada. Ha publicado las novelas *De música ligera* y *La línea del frente*, el libro de relatos *Modelos animales*, y *Cambiar de idea*, su libro más reciente, en el que combina memorias y ensayo, y que ha merecido una excelente acogida, así como sucesivas reimpresiones. También es autora de *Diccionario en guerra*, incluido dentro del proyecto *La Caja de las Rebeldes*.

Teníamos catorce años y estábamos borrachos. Compartíamos una garrafa de cinco litros de GinKas bajo el puente de San Antón, y un heroinómano con las manos hinchadas, sin venas libres, nos pidió tabaco. Javitxu, que siempre tuvo el aplomo de un buen educador social, se levantó y le regaló su cajetilla. Olía a situación de riesgo, así que se interpuso entre el yonqui y nosotros, bloqueándolo con su espalda de *forward*. Venga, tío, feliz noche. Controlaba el registro y el tono con el que se doma a las fieras. Hay que hablarles en su idioma, de colegueo, como si fueran de los tuyos, nos decía. Javitxu controlaba. Era el gestor de crisis. Malen se liaba los mejores porros y conocía las proporciones exactas de los cócteles, Oier limpiaba los estragos de las fiestas con la minuciosidad de un asesino en serie, sin dejar rastro, y yo falsificaba firmas y dictaba exámenes. Cada cual tenía su función y entrañaba sus peligros. El peligro de Malen era la ingenuidad dicharachera de la que se prendaba todo el mundo, su necesidad de entablar conversaciones a corazón abierto con cualquier desconocido que la abordara con una sonrisa o

265

con un problema, y su renuencia a aceptar las normas del miedo, a volver en taxi a casa y eludir los subterráneos y los callejones sin salida.

—¿Por qué no te sientas con nosotros? —le dijo al yonqui.

Era la víspera de nochebuena del año 2001 y el tipo se había puesto a cantar una canción de Extremoduro: «Noche de paz / noche de amor / una tregua / me cago en Dios». Malen aplaudió entusiasmada y le hizo espacio en el pañuelo palestino que había tendido en el suelo a modo de toalla. Ni siquiera Javitxu pudo improvisar un plan de escape. Me pasó la garrafa y ambos bebimos de ella como soldados en las trincheras, sabiendo que aquel sería el último trago porque nuestro nuevo amigo también quería refrescarse y nosotros no queríamos su hepatitis. Nosotros éramos Oier, Javitxu y yo. Malen iba por libre y lanzaba preguntas casuales: «¿Dónde vives?», «¿Celebráis la Navidad en el albergue?», «¿Cuál es tu disco preferido de Eskorbuto?». Había algo hermoso en la escena, como si una niña se encontrara con el monstruo de Frankenstein y le hiciera sentirse humano por primera vez en la vida, pero yo no era capaz de apreciarlo. Yo solo era capaz de pensar en gérmenes, en jeringuillas infectadas y en intentos de violación. Cada vez que Malen se acercaba a un hombre, pensaba en intentos de violación, porque mi mejor amiga enviaba señales confusas, o sea, era encantadora sin esperar nada a cambio. Y todo el mundo espera algo a cambio.

—Venga, que nos vamos a un festival. Quédate la botella.

Agarré a Malen de un brazo y, mientras tiraba de ella, la obligué a despedirse del yonqui, momentáneamente distraído

266

con la adquisición de la garrafa. Me pudieron la impaciencia y la brusquedad, pero a ella le bastó con ver mis ojos, que centelleaban de enfado, para acatar mis órdenes. No tenía ningún respeto por instituciones como la prudencia, la sensatez o el saber estar —qué femeninas todas ellas—, pero conmigo, a veces, claudicaba. Claudicaba por amor, no por miedo. Ojalá hubiera tenido la madurez para apreciar lo mucho que valía aquella inclinación de su carácter, pero me cegaban otras emociones más destructivas. De camino al festival, por ejemplo, no dije palabra porque estaba furiosa con Oier y Javitxu, que no se habían quejado del aprieto en el que nos había metido la insustancial de nuestra amiga. Siempre le reían las gracias: claro, tan guapa y adorable, pero si se mete en líos, la que carga con el muerto soy yo, yo soy la que le limpia los mocos, y con los ojos hinchados y la cara como un tomate ya no parece la chica Disney, ¿eh?, ni cuando le sujetas el pelo para que vomite el cubata de absenta que le ofrecieron dos borrachos por la calle que seguro que no tenían malas intenciones, qué va.

Aunque mi problema eran los celos —todo me resultaba confuso porque estaba, al mismo tiempo, enamorada de ella y en constante competición con ella, envidiosa de los chicos que la rondaban y de que los chicos la rondasen—, me dije que estaba hasta los ovarios de ser su guardaespaldas y que aquello se acababa en ese mismo instante. Así que aquella noche nos disgregamos, creyéndonos seguras en el pabellón de conciertos, abarrotado de adolescentes que sudaban a favor de una causa con muchos ismos: independentismo, anticapitalismo, ecologismo, feminismo... En ese orden, porque todos se supeditaban al primero. La autodeterminación era la llave, la pantalla que desbloquearía el videojuego al que queríamos jugar colectivamente, y hasta la victoria, tregua. Tregua para el anticapitalismo, el ecologismo y el feminismo, quiero decir.

Sobre todo para el feminismo.

El festival se llamaba Garai Ilunak, «tiempos oscuros», y nuestras consumiciones patrocinaban los informes independientes sobre la tortura en cárceles, los colectivos proamnistía, las plataformas de apoyo a los presos y otras agrupaciones civiles que pronto se condensarían bajo un mismo paraguas —el entramado de apoyo a ETA—, revelando que nuestros eslóganes iban en serio, que el ocio reivindicativo acababa en la cárcel, aunque eso lo descubriríamos más tarde. Aquella noche aún reinaba la inconsciencia y nadie disimulaba que el objetivo era beber y ligar. Malen desapareció con un excompañero del colegio, un *skinhead* con cara de ángel por el que había suspirado a los diez años, cuando él tenía trece y se fijaba en las de quince, y que ahora que tenía diecinueve la reencontraba «hecha toda una mujer», como siempre dicen los pederastas. Javitxu y Oier, por su parte, bebieron mal, se pusieron agresivos, y cuando intenté mediar entre ellos me ahuyentaron a manotazos, así que me quedé sola. No importaba. El alcohol cambia las reglas y enseguida me había integrado en un grupo de tíos mayores que yo que me invitaban a tragos y me aupaban sobre sus hombros para que viera mejor los conciertos. Me sentía el centro de atención, me sentía como se debía de sentir siempre

Malen, y cuando terminó la música, hice lo que habría hecho ella: elegí al más guapo y lo acompañé a las gradas que se escondían tras el escenario.

Fue el primer chico con el que experimenté ese rito de iniciación sexual que consiste en reproducir los movimientos de la cópula con besos larguísimos. Si mal no recuerdo, las bocas se empalmaban en un túnel húmedo por el que avanzaban y retrocedían las lenguas, constreñidas por dientes, emulando una vagina dentata. No le pillé el punto. Me tocó las tetas y tampoco sentí nada nuevo. La masturbación no estaba permitida porque enviaba señales ambiguas —si no quieres follar, no dejes que te bajen los pantalones; si no quieres ser violada, no insinúes lo contrario—, así que tuve que resistirme al avance de sus manos por los botones que me desabrochaban los jeans, tuve que decir que no muchas veces y, al final, salir corriendo sin despedirme, porque si me quedaba a pesar de todo, mis noes sonarían a síes y estaría, otra vez, dando permiso.

Al aterrizar de vuelta en la pista, contesté a la quinta llamada que me hacía Malen aquella noche. Las anteriores las había ignorado a propósito, por despecho, pero me sentía demasiado aturdida para perseverar en mi enfado. Estaba sola y me sentía sola.

—¿Puedes venir a buscarme a los baños?

—Ahora voy. No te muevas.

Me adentré en el concierto acordándome de un videoclip de Evanescence en el que la cantante hacía *stage diving* sobre un público de vampiros. Comenzaba la carrera de obstáculos: los entusiastas del ska —descoordinados como bolos en una partida de bolos— se alternaban con acosadores de los que encadenan piropos e insultos: «¿Cómo te llamas, guapísima?», «Qué, ¿vas con prisa?, «Pero ¿quién te has creído que eres, pedazo de engendro?», «Si no avanzas es porque no te cabe el culo, pero tráelo aquí, que no pase hambre». Una botella de kalimotxo me impactó en el pecho, empapándome la camiseta, y rompí a llorar, que fue lo mismo que abrirse una herida entre depredadores que huelen la sangre a kilómetros. Se multiplicaron los controles de aduanas —«Si quieres pasar por aquí, enséñanos las tetas»—, y al fin la emprendí a placajes como una vaquilla contra todos los cuerpos que se interpusieron en mi camino porque ya no me quedaba orgullo que proteger. Cuando alcancé el vestíbulo parecía la superviviente de *La matanza de Texas*, con el cuerpo cubierto de fango y la cara desdibujada por el rímel corrido. Vi mi reflejo en los cristales de la entrada y me di lástima. Del otro lado aguardaban la calle y las luces de un taxi. Estuve a punto de salir, solo quería salir, pero mi teléfono vibró con un mensaje de texto. Era Malen: EN EL DE TÍOS. ESTOY EN EL BAÑO DE TÍOS.

¿Cómo que en el baño de tíos?

Al menos ya no tuve que luchar para abrirme paso. La gente se apartaba con aprensión y asco, y me sentí cómoda en aquel disfraz de escoria, de regresada de entre los muertos, porque los zombis no buscan la aprobación de nadie. Irrumpí en el baño de hombres sin titubeos, me planté en la entrada e inspeccioné el recinto. Lo único bueno que ocurrió aquella noche fueron los gritos de los que meaban en los urinarios de pared, que intentaron ahuyentarme con insultos que ya había oído en la sala de conciertos, pero que ahora sonaban muy distintos porque ahora, con las braguetas bajadas y la prueba de que la masculinidad es un farol entre las manos, los que se sentían vulnerables eran ellos.

Proyecté la voz cuanto pude, como me habían enseñado en el conservatorio, casi entonando, y llamé a Malen.

—¡Aquí dentro!

Había una veintena de retretes privados y los fui revisando uno a uno, buscando en la apertura inferior de las puertas unos inconfundibles calentadores naranjas.

—¡Sal de ahí! Yo te cubro.

Corrió el pestillo, me arrastró hacia dentro y lo echó de nuevo.

—¿Qué hostias te pasa?

Le entró la risa al verme tan sucia, pero era una risa asmática, de manicomio. Lo primero que pensé fue que se había metido alguna droga de las que te dejan tonta para siempre. No sé qué drogas son esas, pero mi madre me había advertido sobre ellas: «Mira, ¿ves ese chico que habla solo? A ese le dio un mal viaje y no volvió». Pensé que Malen se había quedado así, a medio camino, porque estaba totalmente afásica. Hilaba frases dispersas, sin verbos, o enumeraba verbos como en una lista de vocabulario. Yo no sabía qué hacer y le pegué un tortazo, que era lo que hicieron conmigo cuando perdí el conocimiento en mi primera borrachera. Dejó entonces el sinsentido lingüístico y se puso a llorar. Me abrazó rodeándome el cuello como una boa constrictor y sentí que aquel momento tenía un significado trascendente, que quería que me asfixiara, que la idea de que me asfixiara me llenaba el pecho de una ingravidez que se parecía mucho a la que se experimenta antes de un orgasmo, y me puse nerviosa, me asustó aquella sensación, las ideas a las que me llevaba, y la aparté bruscamente de mí. Se golpeó contra la pared y, aunque no creía haberla empujado con fuerza, se llevó una mano a la base del cráneo y la sacó manchada de sangre.

—Joder, joder, lo siento.

Me respondió balbuceando una frase al fin inteligible:

—Ha sido él, no tú.

—¿Quién es él?

Dijo el nombre del *skinhead*. La historia empezó a cobrar sentido y terminé de reconstruirla haciéndole preguntas simples, de sí o no.

—¿Entrasteis en el baño a liaros?

—Sí.

—¿Intentó pasarse de la raya?

—Sí.

—Y tú no te dejaste y te acabó pegando.

—Sí.

—¿Quieres que vayamos a la policía?

—Estoy muy cansada.

—¡Has construido una frase completa!

Había una parte de mí que pensaba como el enemigo, esto es, una voz me repetía que Malen se lo venía buscando, que su exceso de confianza con los desconocidos solo podía acabar en tragedia. Quizá lo que acababa de ocurrir, que dentro de lo malo no era lo peor, la escarmentaría como a mí me habían escarmentado tantos pequeños incidentes acumulados a lo largo de mi infancia, desde los viejos del club taurino que se apostaban junto al portal de mi casa y me gritaron por primera vez a los diez años que a las niñas nos crecían antes las tetas que los dientes, pasando por los coches que bajaban la velocidad y las ventanillas para preguntarle a mi madre, conmigo en brazos, que cuánto cobraba, hasta aquella encerrona en la cuadra del veterinario del pueblo, que nos manoseó por turnos a mis amigas y a mí a cambio de enseñarnos a un potrillo recién nacido que ni siquiera nos dejó acariciar. Solía creer que la tendencia de Malen a ponerse en situaciones de riesgo, su incapacidad de predecir el peligro, era un rasgo de inexperiencia, algo de lo que debía curarse cuanto antes. Sin embargo, me sentí profundamente triste cuando, al fin, aquella noche, el correctivo surtió efecto: a la salida del recinto, mendigando cigarrillos entre los adolescentes que se guarecían de la lluvia en los soportales, nos reencontramos con el heroinómano de aquella tarde, y la reacción de mi amiga fue de pánico.

—¿Qué hace ese aquí? ¿Nos habrá seguido?

—No creo, *txiki*. Es que tampoco hay tantos sitios a los que ir.

—Nos estaba esperando. Mierda, mierda, tápame. Que no me mire. ¿Cómo nos habrá encontrado?

En aquel contexto, hostigado por borrachos que le arrojaban vasos de plástico a la cabeza para ahuyentarlo, el pobre yonqui resultaba absolutamente inofensivo y digno de compasión, pero Malen, la chica que se escapaba en los recreos a llevarles bocadillos a los vagabundos que vivían en la placita donde fumábamos nuestros porros, me estrujó la mano con fuerza, hasta hacerme daño, y me alejó a trompicones de la entrada. Tenía el rostro tan pálido que pensé que estaba a punto de vomitar —algo que hacíamos casi todos los fines de semana, por otro lado—, pero, para mi sorpresa, no me pidió que le sujetara el pelo, sino que juntara mis monedas con las suyas para escapar de allí cuanto antes. Por primera vez desde que la conocía, me monté en un taxi a su lado. Era el mismo taxi que había visto hacía un buen rato desde el interior del recinto y me había parecido un santuario. Tras ceder a las exigencias del conductor de que nos sentáramos sobre unos cobertores que parecían pañales para perros y acribilladas a preguntas que tenían poco de cortesía y mucho de interrogatorio policial, me resultó claustrofóbico, no obstante.

—¿Y se puede saber por qué estáis tan sucias?

—Es que me han tirado kalimotxo por encima.

Con Malen en estado de shock, me tocaba a mí hacerme cargo de la cháchara intrascendente, de ser amable con los extraños, y no me gustaba mi papel.

—¿Y por qué? ¿Jugáis a eso? ¿A arrojaros bebida?

—No...

—¿Quién ha sido?

—No lo sé.

—Algún listillo. Para que se te transparentase la camiseta, ¿no crees?

—Puede ser.

—Puede ser, puede ser. Y la otra, ¿no dice nada?

Malen guardó silencio. Mantenía los ojos fijos en la carretera, como si estuviera a punto de marearse, y volví a temer que vomitara, pero no. En su rostro, la contención se asemejaba a las arcadas; no era más que eso.

—¿Qué años tenéis?

—Catorce.

—Si yo tuviera hijas de vuestra edad las ataba hasta que cumplieran los dieciocho, así os lo digo. Ni camisetas mojadas ni hostias. Si es que hoy en día ya no hay respeto. Ni os respetan ni exigís que os respeten, porque no os importa, pero ¿y vuestros padres, eh? ¿Os paráis a pensar alguna vez en ellos?

Justo en ese instante nos detuvimos en un semáforo y Malen, sin mediar palabra, aprovechó la ocasión para apearse del taxi. Abrió la puerta de par en par y se plantó en mitad del tráfico. El ruido de los cláxones se acopló con los alaridos del conductor de tal manera que cuando abría la boca parecía que sus cuerdas vocales bramaran bocinazos. La adrenalina me atravesó el cuerpo como un sifón de espuma tibia que explotó en un ataque de carcajadas. No me podía creer lo que estaba pasando, pero me encantaba que estuviera pasando porque la Malen que hacía locuras era mucho mejor que la Malen cuya expresión de prudencia se confundía con la náusea. Arrojé nuestras monedas sobre el asiento del copiloto y me planté a su lado en la cesura entre carriles. No cerré la puerta al salir. Cogidas de la mano, echamos a correr hacia el paso de peatones y alcanzamos la acera antes de que se reanudara el tráfico. Fue una pequeña victoria al final de una noche triste. Nuestro premio de consolación.

—No me puedo creer que encima le hayas pagado. Eres gilipollas.

Lo era. Una buena chica.

No volvimos a subirnos a un taxi juntas en mucho tiempo, quizá hasta aquel verano de nuestros dieciocho en el que a mi novio se le cayó una sartén con aceite hirviendo sobre mis piernas. En ausencia de mis padres, que estaban de viaje, Malen cumplió sus funciones: me ayudó con las curas, se encargó de concertar mis citas médicas y me acompañó a la primera visita con el cirujano plástico, que nos explicó que si las quemaduras no evolucionaban sería necesario realizarme un injerto, que un injerto consistía en arrancarme carne del culo para implantarla en otra zona y que aquello me había pasado por meter a un hombre en la cocina. Qué gracioso. Pero a ella no le hizo ninguna gracia. Me dejó en casa y volvió al hospital a interponer una queja. Jamás obtuvimos contestación.

Decía que después de aquella noche no volvimos a subirnos juntas a un taxi, pero las cosas tampoco volvieron a ser como antes. Acordamos que, en adelante, los chicos de la cuadrilla harían turnos para acompañarnos a casa por la noche y también para escoltarnos a los cuartos de baño, que se habían vuelto el epicentro de nuestras fobias. Era un poco engorroso —porque a nadie le gusta ser una molestia— que las noches de nuestros amigos se acortaran por nuestra culpa porque les hacíamos patrullar nuestros barrios de portal en portal, revisando incluso los ascensores antes de darnos por salvadas, y sucedía que a veces nos sentíamos en deuda con ellos y les besábamos al despedirnos, cerrábamos el trato con un encuentro sexual consentido donde nos habría podido esperar uno forzado, y pronto afianzamos aquel intercambio de favores con noviazgos heterosexuales que nos libraban de ser una carga. Era lo más cómodo y lo más conveniente. Era lo más seguro. Malen se ganó el amor de un chico fiel como una sombra, y a su amparo pudo seguir siendo quien era, extrovertida y confiada con los moscones que pululaban a su alrededor y con las bebidas que le ofrecían, desprendida, ajena a la amenaza y a los protocolos de seguridad que cristalizamos por sentirla siempre ahí, latente. Yo no encajé con elegancia que me dejara por un novio, pero esa es otra historia. La adolescencia es una fase que merece el nombre de aquel festival en el que nos bautizaron en la cultura de la violación, Tiempos Oscuros. Por suerte es una fase breve de la que salimos casi intactas.

Por su vigésimo cumpleaños, Malen dejó a su novio, se compró una mochila y un billete a Sudamérica y recorrió el subcontinente desde la Patagonia hasta Caracas. Yo contuve la respiración durante un año y medio, y aún la contengo cuando me llegan noticias suyas desde un campo de refugiados en Siria o me manda fotos de la cueva en la que se aloja entre alimañas de páramo en un pueblo perdido de Burgos. Salimos casi intactas, pero no salimos del mismo modo. Yo nunca he viajado sola, ni me montaría en un Blablacar conducido por un hombre, ni hablo con desconocidos en los bares ni me acuesto sin echar el pestillo de la puerta cuando no está mi marido en casa. En mi vigésima semana de embarazo, me quedé lívida cuando el ginecólogo sentenció que esta anguila eléctrica que me revolotea en el vientre es el proyecto de una biomujer, porque no sé cómo lidiaré con mis pesadillas. No sé cómo hacer lo que siento que debo hacer, y que no es otra cosa que romper el bucle, ahorrarle a mi hija los relatos de terror que la harán precavida y regalarle, en su lugar, un espray de pimienta y una buena formación en artes marciales. Como un sortilegio que me ayuda a concentrarme en este escrito, llevo una hora murmurando esos versos de Alejandra Pizarnik que lo resumen todo: «La jaula se ha vuelto pájaro / qué haré con el miedo / qué haré con el miedo».

¿Qué haremos con el miedo?

No basta con entender su fin disciplinario, el modo en que regula nuestro comportamiento con las herramientas del panóptico o del atentado terrorista. No basta con entender la desproporción que se da entre la amenaza real y la amenaza que percibimos. Para mí, al menos, no basta. He hecho este experimento en multitud de ocasiones: ¿qué es lo peor que podría pasarme a mí o a las que quiero? Lo peor sería el asesinato, me respondo, seguido de la mutilación y las secuelas permanentes, y a mucha distancia, la humillación y el dolor físico. Sé que la mayoría de los crímenes machistas ocurren en el seno familiar y que no se evitan, por tanto, con precauciones y prudencias, y sé que el tipo de infamias que sufren las mujeres en los *thrillers* policíacos no son un peligro a mi alcance —no más que el de sufrir un accidente de aviación, al menos, y yo no les temo a los aviones—. La violencia sexual cotidiana, la que resulta estadísticamente frecuente, ya la conozco. Me han acorralado en vagones de metro y me han acechado y perseguido por la calle para que sintiera el miedo en la glotis, he despertado amnésica y con sangre seca entre las piernas junto a un hombre de confianza, quedándome para siempre con la duda; he salido sin ropa y a la carrera de un piso de estudiantes donde mi ligue no quería usar condón; me han dicho que no se iban a correr y se han corrido. Conozco el reverso de las papeletas que siempre tocan, las secuelas de la amenaza tangible, y solo me han abierto muescas. No hipotecaría la libertad de mi hija a cambio de que se librara de sufrirlas, no creo que compense vivir con miedo, pero entonces, ¿por qué sigo dejando que me defina? ¿Cómo nos curamos de esto?

La idea de que ser violadas no es tan malo, de que lo verdaderamente malo es que constriñamos nuestra libertad para que no nos violen, me acerca peligrosamente a Camille Paglia —oh, némesis— y a la reivindicación de la misma que lleva a cabo Virginie Despentes en *Teoría King Kong:*

Una tal Camille Paglia escribe un artículo [...]. He olvidado los términos exactos. Pero era algo así, en esencia: «Es un riesgo inevitable, es un riesgo que las mujeres deben tener en cuenta y deben correr si quieren salir de sus casas y circular libremente. Si te sucede, levántate, *dust yourself*, desempólvate, y pasa a otra cosa. Y si eso te da demasiado miedo, entonces quédate en casa de mamá y ocúpate de hacerte la manicura». [...] Habíamos corrido el riesgo, habíamos pagado el precio, y más que sentir vergüenza por estar vivas, podíamos decidir levantarnos y recuperarnos lo mejor posible. Paglia nos permitía imaginarnos como guerrilleras, no tanto responsables personalmente de algo que nos habíamos buscado, sino víctimas ordinarias de algo que podíamos esperar cuando se es mujer y se quiere correr el riesgo de salir al exterior. [...] Ella hacía de la violación una circunstancia política, algo que debíamos aprender a encajar. Paglia cambiaba todo: ya no se trataba de negar, ni de morir, se trataba de vivir con.

La primera vez que leí este fragmento me indigné tanto que estuve a punto de abandonar el libro. Me sigue pareciendo, en gran parte, una barbaridad voluntarista que ridiculiza a las víctimas que no sean capaces de superar el trauma como chicas duras, tacha de irremediable el orden dado y, restándole importancia a la violencia estructural, resulta sospechosamente conveniente para los hombres. Después de todo, ante la buena guerrillera que se sube las bragas sin hacer aspavientos y sigue su camino, siempre podrán decir (como siempre han dicho) que lo que nos hacen no es tan malo, que, en el fondo, a todas nos gusta un poco, ¿verdad, guapas? Por algo es Camille Paglia esa autora a la que siempre citan los machistas como ejemplo de «feminista buena», porque su discurso les complace.

No, no creo que el paradigma Paglia sea la solución a esta trampa, pero ya tampoco me siento cómoda en el extremo contrario, junto a las mías, porque propagan el terror al grito de «nos están matando» cuando se comete un feminicidio y no quiero que le griten esa frase a mi hija, no quiero que crezca con ella en los oídos. Y es que es cierta en un sentido figurado —hay crímenes que se cometen contra mujeres por el mero hecho de serlo, cualquiera de nosotras podría ser la siguiente, así que, en efecto, cuando tocan a una, nos tocan a todas—, pero falsa en su literalidad —si en 2018 asesinaron a cuarenta y siete mujeres en un país de cuarenta y siete millones de habitantes, las muertas constituyen un 0,00001 por ciento de la población y, aunque las violaciones se cometan a millares, los porcentajes siguen siendo bajos— y el pánico es siempre literal, no sabe leer metáforas. Cada vez que colectivizamos un ataque, los taxistas del turno de noche hacen su agosto, y me resisto a que esto sea así porque Malen me contagió su antipatía por ellos, una antipatía que, se me ocurre ahora, quizá naciera de la intuición de que estos conductores capitalizan nuestras fobias, se nutren del sistema que nos expulsa de las calles bajo la amenaza de un peligro fantasmal.

Desde hace un tiempo busco consuelo en las historias de resiliencia monstruosa, en las imágenes de «Lady Lazarus», el poema de Sylvia Plath en el que la protagonista se suicida y resucita por deporte, regresando una y otra vez de entre los muertos, cubierta de larvas, para devorar a hombres como aire, o en esa historia que cuenta Mariana Enríquez en «Las cosas que perdimos en el fuego», en la que las mujeres argentinas responden a la enésima oleada de feminicidios prendiéndose fuego a sí mismas. La recompensa por su sacrificio, según lo entiendo, es doble: por un lado, dejan de ser cosificables, quedando fuera del mercado perverso del deseo y la violencia, y por otro, se vacunan contra el miedo, visitan el punto más remoto de la amenaza, lo peor que podría pasar, y salen inmunes, a prueba de cualquier chantaje. Continuamente dudo sobre si las aventuras en las que se embarca Malen me resultan valientes o temerarias, y cuando me decanto por la segunda opción, me pregunto si su temeridad no tendrá el propósito de seguir los pasos de las mujeres antorcha que describe Enríquez, si no será que lleva toda la vida buscando el peligro que le confirme que el peligro no era para tanto, que no merece la pena lo que (nos) dejamos (de) hacer en su nombre.

Tengo también fantasías musculares, de soldados universales forjados en la fragua del CrossFit y las inyecciones de testosterona. Veo vídeos de halterofilia femenina en YouTube y me regodeo con los cuerpos diminutos y compactos de las atletas chinas y coreanas que levantan pesas de más de cien kilos. Eso quiero para mi hija, pienso, que nadie le venda argumentos «biologicistas» sobre su vulnerabilidad, que tenga un cuerpo invulnerable. Pero sé que no hay cuerpos así, que ser cuerpo es ser frágil y que es en este punto, en la permeabilidad de los poros, donde hay que trabajar por su futuro. Lo sé y lo defiendo y así se lo intentaré inculcar, lo que no quita que me tranquilice imaginarla veloz, resistente, con los brazos como un rosario de músculos hercúleos, rápida de reflejos para manejar un palo o un bate o una botella cuando sea necesario y con la tolerancia al dolor del buen deportista, o sea, insobornable ante el mismo. No quiero que busque el peligro, pero tampoco quiero que se deje amedrentar en su presencia. No quiero que siga los pasos de su tía Malen, pero sí que le conceda un lugar destacado en la genealogía ante la que se postre a dar las gracias. Porque estará agradecida, de eso no hay duda. Por muy mal que lo haga yo todo, por el simple hecho de que va a nacer en otros tiempos, se sentirá agradecida de ser más libre y de tener menos miedo que nosotras.

Índice

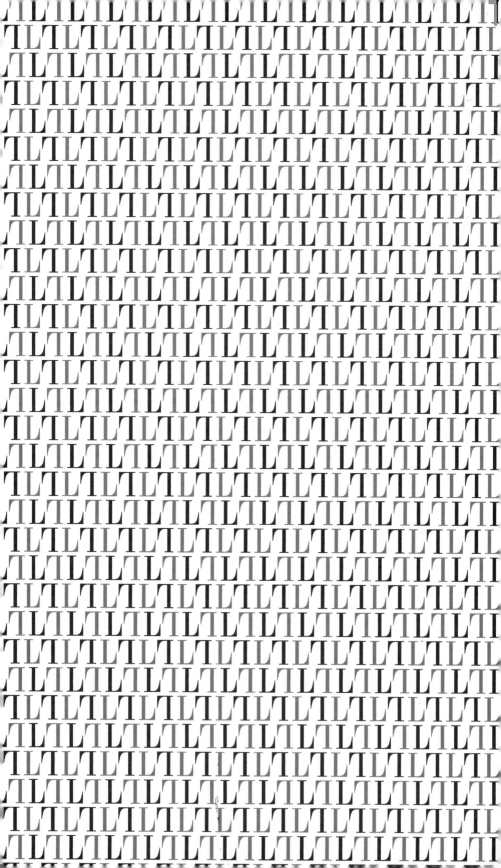